Der Geigenvirtuose Johannes Karelsky wird an den europäischen Höfen als Wunderkind gefeiert. Als er Jahre später schwer verwundet auf dem Schlachtfeld liegt, dringt eine reine und wohlklingende Stimme an sein Ohr. Inmitten von Angst und Tod singt sie eine betörende Melodie, die Johannes fortan in seinen Träumen begleitet.
In Venedig macht er die schicksalhafte Bekanntschaft von Erasmus, Geigenbauer und Stradivari-Schüler, dessen Träume ebenfalls von einer Stimme durchzogen sind. Von der Stimme einer Frau, über die er nicht spricht. Ebenso wenig wie über die schwarze Geige, die unberührt an seiner Wand hängt. Johannes ist fasziniert von der geheimnisvollen Violine – bis der Geigenbauer ihm schließlich ihre fatale Geschichte erzählt.

»Ein märchenhaftes, träumerisches Buch voller Zauber und Poesie. Unbedingt lesen!« *Le Dauphiné Libéré*

Maxence Fermine

Die schwarze Violine

Aus dem Französischen von
Michael v. Killisch-Horn

Unionsverlag

Die Originalausgabe erschien 1999 bei Éditions Arléa, Paris.
Die deutsche Erstausgabe erschien 2003
im Wilhelm Goldmann Verlag, München.

Im Internet
Aktuelle Informationen, Dokumente und Materialien
zu Maxence Fermine und diesem Buch
www.unionsverlag.com

Originaltitel: Le violon noir

Neptunstrasse 20, CH-8032 Zürich
Telefon +41 44 283 20 00
mail@unionsverlag.ch

Umschlagbild: Lanmas (Alamy Stock Photo)
Umschlaggestaltung: Peter Löffelholz
Druck und Bindung: CPI – Clausen & Bosse, Leck
ISBN 978-3-293-00519-8

Der Unionsverlag wird vom Bundesamt für Kultur mit einem
Verlagsförderungs-Strukturbeitrag für die Jahre 2016–2020 unterstützt.

Auch als E-Book erhältlich

Die wahre Musik steht zwischen den Noten.

Wolfgang Amadeus Mozart

Erster Teil

I

Durch eine sonderbare Neigung seines Geistes, die bisweilen an Wahnsinn grenzte, hatte Johannes Karelsky niemals ein anderes Daseinsziel, als sein Leben in Musik zu verwandeln. Mit anderen Worten, seine Seele war eine unvollendete Partitur, die er jeden Tag mit etwas mehr Genie entzifferte.

Johannes Karelsky war Geiger. Er interpretierte meisterhaft Musikstücke, denen alle begeistert zuhörten, die jedoch niemand wirklich hörte.

1795 erreichte er mit einunddreißig Jahren den Höhepunkt seiner Kunst. Es blieben ihm noch einunddreißig Jahre zu leben.

Er wohnte in Frankreich, in jener Stadt, die man Paris nennt und die fürwahr eine Symphonie aus Klängen und Lichtern ist.

Man kannte ihn als Musiker. In Wirklichkeit war er mehr als das. Johannes Karelsky war ein Genie von fast göttlicher Größe. Insgeheim wollte er eine Oper komponieren, die so überwältigend sein sollte, dass sie sich an den Himmel richten und zu Gott sprechen würde.

2

Um ein Geigenvirtuose zu werden, muss man zwei Eigenschaften besitzen: Man muss fähig sein, zuzuhören und zu hören.

Johannes besaß diese beiden Eigenschaften. Er war fähig, seinem Instrument zuzuhören. Und er war fähig zu hören, wie es in ihm vibrierte.

Jeden Tag widmete er sich von Sonnenaufgang bis Sonnenuntergang seiner Kunst. Manchmal spielte er mit solcher Leidenschaft, dass er den ganzen Tag mit geschlossenen Augen seinen Gefühlen nachhören konnte. In sich selbst und in die Musik versunken, sah er die Welt dennoch besser als jeder andere, denn sein Herz blieb offen für das Licht.

3

Einer reinen Zufallsbegegnung im Alter von fünf Jahren verdankte Johannes Karelsky die Liebe zur Geige, und sie entschied über sein ganzes weiteres Leben.

Eines Vormittags im Sommer, im Jardin des Tuileries, führte ein Zigeunergeiger ihn in die Sprache des Glücks ein.

Johannes spielte in der Nähe des Wasserbeckens, als ein Mann mit schwarzem Bart und schwarzem Haar am Ende der Allee auftauchte. Ohne ein Wort zu sagen, blieb der Unbekannte mitten auf dem Weg stehen und holte eine Geige aus seinem Geigenkasten. Er war so groß, dass die Geige in seinen Händen wie ein Spielzeug aussah. Ein paar Spaziergänger, neugierig geworden durch das Aussehen des Mannes, drängten sich schon bald um ihn. Auch Johannes näherte sich fasziniert.

Den Takt mit dem Fuß schlagend, spielte der Zigeuner eine so mitreißende Melodie, dass der Junge mit offenem Mund dastand und den Straßenmusiker ansah, als sei er eine Erscheinung. Lange stand Johannes reglos da, ganz verzaubert von dieser Musik, die er zum ersten Mal hörte.

Dieser Zigeuner war vielleicht kein sehr guter Musiker, er hatte gewiss niemals anders als nach dem Gehör zu spielen gelernt, aber er besaß eine so starke Seelenkraft, dass jeder Ton, den er dem Instrument entlockte, aus seinem Herzen zu kommen schien. In dieser Klage war die Stimme des Musikers zu erkennen, mit dem ganzen Seelenschmerz, den Glücks- und Freudenschreien, die den Zigeunern überall auf der Welt zu eigen sind. Johannes wusste das. Er hörte es besser als jeder andere. Er verstand die Stimme der Geige.

Auch der Zigeuner wusste es, so wie er wusste, dass Johannes seinem Volk angehörte: dem der Musikerseelen. Er sah den Jungen an und begann für ihn eine Polonaise voll lyrischer Schönheit zu spielen, die so seltsam klang, dass nur einige wenige Eingeweihte sie verstehen konnten. Johannes wusste, dass dies seine Sprache war, die einzige, die er bereits beherrschte, die einzige, die ihn für immer mit der Welt verbinden würde. Beim Hören hatte er die Botschaft erfasst. Der Zigeuner spielte nicht einfach ein Musikstück, er erzählte sein Leben. Und der Junge schloss die Augen und überließ sich seiner Träumerei.

Er sah die Straßen Böhmens und die schneebedeckten Tannen, die Abende am Feuer und die Tänze der Frauen. Er erfuhr von Wanderschaft von Dorf zu Dorf, von Leid, Entbehrungen, Beschimpfungen, von Kälte, Hunger und Einsamkeit. Er bekam eine Ahnung vom Trost einer Tür, die sich öffnet, von der Wärme eines Heims, vom Lächeln, das man sich gegenseitig schenkt, von der Musik, welche die Herzen erwärmt, vom Lachen, von gelegentlicher Liebe.

All das sah Johannes. Und man sah es in seinen Augen.

Als er zu Ende gespielt hatte, hielt der Zigeuner seine Schale hin, um ein paar Münzen zu sammeln. Vier- oder fünfmal ließ das eiserne Gefäß einen silbrigen Klang ertönen. Als er zu dem Jungen kam, kniete er nieder und strich ihm zärtlich über die Haare.

»Du, mein Kleiner, hast mir mit der Wärme deiner Augen viel mehr als sie alle gegeben.«

Und er ging, wie er gekommen war.

An jenem Tag wusste Johannes, dass er zum Musiker berufen war.

Zwei Jahre später war er Geiger.

4

Johannes hatte eigentlich keinen richtigen Lehrer, ein paar Musiklehrer machten ihn lediglich mit dem Instrument vertraut. Sehr früh schon spielte er allein, häufig ohne Partitur, einfach zum Vergnügen. Das Kind war kein Schüler wie die anderen. Er imitierte seine Lehrer, kopierte ihre Techniken, tief in seinem Innern aber war er bereits ein großer Geiger. Er spielte nicht mit den Händen, sondern mit seinem Herzen.

Seine Lehrer begriffen sehr rasch, dass sie ihm nichts mehr beibringen konnten.

»Es ist sinnlos, den Unterricht fortzusetzen«, sagte einer von ihnen zu Johannes' Mutter. »Ich kann diesem Kind nicht beibringen, was es bereits weiß.«

Madame Karelsky verstand nichts von Musik, aber sie glaubte dem Musiker aufs Wort. Da sie soeben Mann und Vermögen verloren hatte, beschloss sie, aus der Begabung ihres Sohnes Kapital zu schlagen.

Und so gab Johannes Karelsky im Alter von sieben Jahren sein erstes Konzert in der Kirche Saint-Louis-en-l'Île in Paris.

An jenem Tag war die Kirche überfüllt. Das Gerücht hatte sich wie ein Lauffeuer verbreitet, und alle wollten das Kind hören, das seinen Lehrern weit überlegen war.

Das Orchester spielte zuerst eine Symphonie, danach war Johannes an der Reihe. Als er in seinem Abendanzug erschien, mit seinen langen Haaren, die ihm auf die Schultern fielen, und seinen großen blauen, traumverlorenen Augen, ging ein Murmeln durch die Zuhörerschaft. Auf vielen Gesichtern konnte man sogar Bestürzung lesen: Er wirkte so zart, so vergänglich. Welche Musik würde ein so junges Kind wohl hervorbringen?

Mit der Geige in der Hand kam Johannes mit zaghaften Schritten nach vorne und stieg auf ein Podium. Schließlich klemmte er das Instrument zwischen Schulter und Kinn und begann zu spielen. Schon bei den ersten Tönen begriffen alle, dass sie es nicht mit einem gewöhnlichen Geiger zu tun hatten.

Während des Spiels schloss das Kind die Augen und begann zu tanzen. Jede Bewegung seiner Finger auf dem Griffbrett, jeder Bogenstrich, jede Schwingung des Körpers befreite die Energie, die in ihm steckte. Johannes und seine Geige waren eins. Rein und kristallklar flogen die Töne vom Instrument auf, um sich in den Wolken zu verlieren. Der junge Virtuose beeindruckte seine Zuhörer durch seine blendende Technik, und ein Schauder ging durchs Publikum. Es dauerte nicht länger als ein paar Minuten, aber in dieser Zeit war die Luft gesättigt von Emotionen. Bis zum letzten Ton.

Als er aufgehört hatte zu spielen, herrschte tiefe Stille. Dann explodierte das Publikum und gab seiner Freude in tosendem Beifall Ausdruck.

Nach dem Konzert wurde der junge Geiger beglückwünscht. Zu denen, die am begeistertsten waren, gehörten zum Glück einige renommierte Künstler. Einer von ihnen, den die Begabung des Wunderkindes sehr beeindruckt hatte, schlug Madame Karelsky sogleich vor, die Karriere ihres Sohnes in die Hand zu nehmen. Die Mutter schien zuerst ablehnen zu wollen, zögerte, versuchte, den Preis in die Höhe zu treiben, und willigte, scheinbar widerstrebend, ein.

Von nun an folgte Konzert auf Konzert, in schwindelerregendem Tempo, und der Erfolg war überwältigend.

Einige Monate hörte man in den Pariser Salons nur noch eine Frage:

»Woher kommt dieses Kind, das spielt wie ein Gott?«

Wer war dieses Wunderkind? Wer war Johannes Karelsky?

Frankreich reichte für sein Talent nicht mehr aus. Man rief ihn nach Wien, nach Madrid und an alle Höfe Europas. Begleitet von seiner Mutter, die ihm wie ein Schatten folgte, entdeckte das Kind Europa.

England war eines der ersten Länder, die ihn empfingen und ihm Triumphe bereiteten. Die Musik schien die Grenzen zu überwinden und die Politik vergessen zu lassen. In London erregte sein Spiel ein solches Aufsehen, dass er sieben ausverkaufte Konzerte geben musste.

Während eines Diners zu Ehren von Johannes vertraute eine Lady Madame Karelsky an:

»Ihr Sohn ist einfach erstaunlich! Seine Freunde müssen stolz auf ihn sein.«

Madame Karelsky dankte ihr für das Kompliment, lächelte freundlich und erwiderte dann:

»Soviel ich weiß, hat Johannes keine Freunde.«

Die Lady schien sehr überrascht:

»Keine Freunde, in seinem Alter?«

»Ja. Fragen Sie ihn, Sie werden sehen.«

Die Engländerin wandte sich zu dem Kind, das sich an der Seite eines jungen Lords tödlich langweilte, und fragte es:

»Mein Kind, wer ist Ihr bester Freund?«

Johannes antwortete ohne Zögern:

»Meine Geige.«

Jeden Abend kehrte Johannes nach dem Konzert in seine kindliche Einsamkeit zurück. Er hatte sich noch nie so einsam gefühlt wie jetzt, da alle ihn kannten.

5

Dieses Erfolgsleben dauerte zehn Jahre. Bis zum Tod von Madame Karelsky. Mit dem Verlust seiner Mutter verlor Johannes seine einzige Verbindung zur Welt der Menschen. Er empfand darüber einen tiefen Kummer, der nie ganz verschwand.

Da er es müde war, einer dieser gelehrten Affen zu sein, die man an allen Höfen Europas vorführt, beschloss Johannes, mit seinen Tourneen Schluss zu machen und sich in Paris niederzulassen, wo er einige wenige Konzerte zu wohltätigen Zwecken gab. Er war siebzehn und spielte noch immer wunderbar, aber jetzt war es kein Wunder mehr.

Man vergaß sehr schnell das Kind, das Fürsten betört hatte. Die Zeiten waren unruhig, die Macht wackelte. Die Menschen hatten kein Brot, und bald interessierte man sich nicht mehr für Musik.

Die Jahre vergingen.

Um seinen Lebensunterhalt zu verdienen, musste

Johannes einigen jungen Schülern Geigenstunden geben. Und um seinem Leben ein Ziel zu setzen, begann er zu komponieren.

Denn von nun an wollte er sich ganz seiner wahren Leidenschaft hingeben: eine Oper zu schreiben.

6

Aber es war Johannes Karelsky nicht vergönnt, über sein Leben zu entscheiden. Der Krieg entschied für ihn in den ersten Frühlingstagen des Jahres 1796.

In der Mansarde in Montmartre, in der er damals wohnte, erhielt er seinen Marschbefehl eines Morgens im März. Später Schnee fiel leise auf den Platz. Die Zeit schien stillzustehen.

Der Briefträger stieg die sechs Stockwerke des Mietshauses hinauf und erschien außer Atem vor der Tür des Musikers. Er klopfte, scheinbar widerstrebend. Johannes öffnete ihm und begriff am Blick des Mannes, dass er schlechte Nachrichten brachte.

»Ich glaube, Frankreich wartet auf Sie«, sagte der Postangestellte.

Mit unsicherer Hand streckte er ihm den Brief entgegen. Johannes hielt seinem Blick stand, nahm das Schreiben und öffnete es sogleich. Er las, wurde bleich, hob den Blick und sagte:

»Sie haben recht. Es braucht mich. Aber was kann ich ihm schon bieten außer meinem Leben?«

Der Briefträger schenkte ihm ein mitfühlendes Lächeln, aus dem Johannes Mitleid herauslas. Das machte ihn sofort auf unbegreifliche Weise verlegen.

Im Café, in das er ein paar Augenblicke später hinunterging, traf er andere Eingezogene, von denen einige bereits darauf brannten, diesem jungen achtundzwanzigjährigen General zu folgen, dem Barras die Leitung des Italienfeldzugs übertragen hatte. Sie tranken zusammen einen Absinth, dann einen zweiten und einen dritten, und schielten nach den Brüsten der Besitzerin, die in ihnen endlich Männer sah.

»Auf Bonaparte!«

»Auf Bonaparte!«

»Auf die italienische Armee!«

Johannes brachte keinen Toast aus. Er begnügte sich damit zu trinken, grüßte alle zum Abschied und ging wieder zu sich hinauf.

In seinem Zimmer betrachtete er lange die wenigen Gegenstände, die er von seiner Mutter hatte, kramte in seinen Erinnerungen und legte sich dann, von Traurigkeit erfüllt, auf sein Bett, wo er, vom Alkohol und von der inneren Aufgewühltheit erschöpft, einschlief.

Als er aufwachte, war später Nachmittag. Durch das Fenster sah er, wie es Abend wurde über Paris und nach und nach die Lichter der Stadt angingen. Alles war ruhig.

Da nahm er seine Geige aus dem Kasten, rieb den Bogen mit Kolophonium ein und begann zu spielen. Die betörende Musik erinnerte ihn an den Glanz vergangener Zeiten.

Er wusste, dass sein Leben zu Ende war. Dass der Krieg ihm nicht die Zeit lassen würde, seiner Leidenschaft nachzugehen. Er würde seine Oper niemals komponieren.

Er war einunddreißig und voller Träume und Pläne. Der Krieg hatte soeben für ihn entschieden.

7

In Nizza, wo Napoleon seine Armee sammelte, sagte Karelsky seiner Musik, seinem Ruhm, dem Erfolg Lebewohl. In diesen unruhigen Zeiten hatte seine Kunst ihn lange vom Krieg ferngehalten. Diesmal konnte er sich ihm nicht entziehen.

Dieser Krieg sollte ein Gewaltmarsch bis nach Wien werden. Im Augenblick galt es die Alpen zu umgehen.

Die Armee setzte sich am 2. April 1796 morgens in Bewegung. Der Italienfeldzug begann.

Italien konnte kein Zufall sein. In diesem Land war die Oper entstanden, diese liebliche und melodiöse Sprache, die am besten die Schönheit des Gesangs ausdrücken konnte. Johannes dachte mit einer Mischung aus Freude und Trauer daran.

»Was für ein Glück, dort leben zu können!«

Aber er ging nicht nach Italien, um dort zu leben, er ging dorthin, um zu sterben. Eine ganz andere Musik erwartete ihn dort unten. Ein Militärmarsch aus Kugelhagel, Blut und Tod.

8

Das also war der Krieg? Dieses unaufhörliche Gemetzel, diese Verwundeten und diese Toten um ihn herum und im Mund dieser Geschmack von Schlamm und Blut? Diese zerlumpten, stinkenden und schmutzigen Soldaten ohne Brot, ohne Seele? Dieser ohrenbetäubende Lärm, bei dem ihm das Trommelfell platzte und der ihn vor Schmerz brüllen ließ?

Wo war die Musik, die früher das Leben im Klang seiner Geige gewiegt hatte? Der Krieg war also nichts anderes als dieser gefräßige, unersättliche Schlund?

Sein eigener Krieg dauerte nur vierzehn Tage. Am 16. April wurde Johannes in den ersten Stunden der Schlacht von Montenotte auf furchtbare Weise verwundet. Als er in vorderster Linie angriff, durchbohrte ein österreichischer Husar ihm die Seite mit der Klinge seines Säbels. Von einer verirrten Kugel getroffen, ließ der Angreifer seine Waffe los, die in Johannes' Körper stecken blieb; sich an den Franzosen klammernd, bohrte er seinen ersterbenden Blick in die Augen dessen, den er soeben aufgespießt hatte, gab ein unmenschliches Röcheln von sich und glitt langsam zu Boden. Johannes brach ebenfalls zusammen und verlor das Bewusstsein.

Bald war die Schlacht beendet, der Waffenlärm wich der Stille.

Als Johannes wieder zu sich kam, herrschte Nacht. Das Schlachtfeld war in Nebel gehüllt, in dem der Mond manchmal beunruhigende Schatten um ihn herum zeichnete. Johannes wollte aufstehen, aber ein furchtbarer Schmerz zerriss seine Leistengegend. Der Säbel steckte noch immer in ihm und durchbohrte ihn ganz, der Knauf ragte aus seinem Bauch wie ein Kreuz, das man hastig über einem Toten aufgestellt hat. Jede Bewegung, jede kleine Drehung seines Körpers trieb die Klinge tiefer in die Wunde. Die schneidende Kälte hatte einen Blutpfropf gebildet, der das Bluten verhinderte. Eine etwas zu heftige Bewegung, und die Wunde würde sich wieder öffnen, und sein Körper würde ausbluten.

Johannes wusste, dass seine letzte Stunde geschlagen hatte. Er musste die Waffen strecken. Er betrachtete ein letztes Mal diese furchtbare Welt, in der die Toten ihn umtanzten. Da lag der Österreicher, die Hand verzweifelt auf eine Waffe hin geöffnet, die er nicht mehr hielt, das Gesicht zu einem Grinsen verzerrt, das dem Tod zu spotten schien. Zu seiner Rechten lag ein Reiter mit aufgeschlitztem Bauch auf einem Stein, sein totes Pferd lag ein paar Schritte von ihm entfernt auf der Seite, die Nüstern noch nass von der wilden Jagd. Etwas weiter hing an einem Ast ein Infanterist, den ein Kanonenschuss entzweigerissen hatte. Überall Asche, Rauch, aufgeschlitzte Planwagen, herrenlose Waffen, zerfetzte Körper.

In der Ferne suchten Krankenträger nach Verwundeten, um sie wegzubringen. Aber sehr häufig wachten die Männer am Boden nicht auf.

Johannes sah die Krankenträger ein paar Schritte von ihm entfernt vorbeigehen. Er versuchte sie zu rufen, aber kein Ton drang aus seinem Mund. Seine Kehle war so trocken, dass seine Zunge ihm wie ein harter; blutgewaschener Stein vorkam.

Die Krankenträger entfernten sich, und wieder herrschte Stille.

Johannes betrachtete ein letztes Mal den Mond, sah den Säbelknauf über seinem Bauch glänzen und schloss die Augen.

Plötzlich hörte er ein Rascheln in der Luft, wie Stoff im Wind. War das die Brise, die den Uniformrock des Grenadiers hochwirbelte, der neben ihm zu Boden gefallen war?

Er öffnete erneut die Augen.

Eine Frau sah ihn an. Eine Reiterin in einem langen schwarzen Umhang. Reglos stand sie da, die Zügel einer schwarzen Stute in der Hand. Johannes spürte, dass die Unbekannte ihn eindringlich musterte. Ihre Augen leuchteten in der Dunkelheit wie zwei goldene Flammen.

Wie war sie zu ihm gekommen, ohne ein Geräusch zu machen außer dem leichten Flattern, das ihre Anwesenheit verraten hatte und ihr Wirklichkeit verlieh? Johannes begriff, dass eine seltsame Ausstrahlung von dieser Frau ausging.

Die Reiterin rührte sich nicht. Sie schien den sterbenden Mann zu betrachten.

Ein Zittern ging durch Johannes' Körper, aber er begriff, dass es zu spät war, um Angst zu haben.

Die Unbekannte band ihr Pferd an einen Baum, nahm eine Feldflasche, näherte sich dem Verwundeten und hob seinen Kopf an, damit er trinken konnte.

Und dann fing die Frau in dieser apokalyptischen Szenerie und in diesem Augenblick der Angst und des Sterbens zu singen an. Und ihr Gesang war so rein, so betörend, dass Johannes seine Verletzungen vergaß. Lange sang sie, die ganze Nacht vielleicht, nur für ihn.

Als sie schließlich schwieg, küsste sie ihn. In dem Augenblick, in dem ihre Lippen sich berührten, kehrte Johannes ins Land der Träume zurück.

9

Als Johannes erwachte, verband der Oberarzt des Generalstabs seine Wunden und blies ihm einen Geruch nach Knoblauch und kaltem Tabak ins Gesicht.

Der Feldarzt unterhielt sich mit einem Offizier, dessen Gesicht von einer Petroleumlampe erhellt wurde.

»Sagen Sie, Doktor, kommt der Mann durch?«

»Für ihn ist der Krieg vorbei, General. Er wird ein Held sein … denn er wird den morgigen Tag nicht mehr erleben.«

Johannes packte den Arzt am Arm und flüsterte mit letzter Kraft:

»Ich möchte sofort sterben! Ich habe zu große Schmerzen! Lassen Sie mich nicht so liegen!«

Der Arzt nahm seine Hand und versuchte ihn zu beruhigen:

»Vergeuden Sie nicht Ihre Kräfte. Das ist sinnlos. Sie werden früh genug sterben, das kann ich Ihnen schwören.«

»Ich will nicht mehr aufwachen. Hören Sie, sagen

Sie dem General, dass ich nicht mehr kämpfen will. Sagen Sie Bonaparte, dass ich tot bin!«

Der Chirurg tupfte Johannes' Stirn ab, dann hob er den Kopf und sah den Offizier an, der neben ihm stand. Er schien ihn mit dem Blick anzuflehen.

»General, ich bitte Sie, sagen Sie etwas zu ihm.«

Mit kaltem Blick sagte der Offizier zu dem Verwundeten:

»Mut! Beweisen Sie Mut. Dem Feind wie dem Tod gegenüber.«

Aber Johannes hatte das Bewusstsein verloren. Er hörte nicht mehr, was Bonaparte zu ihm sagte.

10

Johannes Karelsky wurde kein Held. Er starb nicht.

Am folgenden Tag hatte er das Bewusstsein wiedererlangt, und am Tag darauf war er außer Gefahr.

Er verließ die Front und schloss sich den Verwundeten in der Etappe an. Seine Genesung dauerte mehrere Monate, in denen er nach und nach wieder zu Kräften kam. Mehrere Monate, in denen er nichts anderes zu tun hatte, als darauf zu warten, dass eine Wunde heilte, die tief in seinem Herzen niemals ganz vernarben würde.

Der Italienfeldzug kam zügig voran. Schlacht folgte auf Schlacht, und der Feind erlitt schwere Verluste. Man musste ohne Pause immer weiter vorrücken. Jeden Tag wurde das Feldlazarett von Verwundeten überschwemmt. In der Ferne hörte man das Geschrei der Grenadiere.

Manchmal nahm Johannes abends seine Geige zur Hand und spielte für seine Kameraden. Vor allem für die Verwundeten und die Sterbenden. Bisweilen nahm der Priester seine Dienste in Anspruch, um einem Sterbenden das Sterben zu erleichtern. Das waren dann Augenblicke tiefer Trauer, welche die Musik kaum zu lindern vermochte.

Schon bald beschloss er, die Krankenträger aufs Schlachtfeld zu begleiten. Auf einem Hügel spielte er im Mondschein für die Verwundeten, sich einredend, dass auch die Toten in der Lage wären, ihn zu hören.

Als seine Wunde verheilt war, kehrte er zu seinem Korps zurück. Er fand dort die Welt der Lebenden wieder, die der kräftigen und gesunden, häufig stahlharten Männer. Männer, welche die Gräuel des Krieges gefühllos gemacht hatten.

Am ersten Tag nahm er im Zelt seine Geige und spielte. Seine Kameraden warfen ihm bitterböse Blicke zu. Für sie hatte der Krieg einen anderen Klang, und in ihren Herzen, die an das Geräusch der Kugeln und die erbitterte Wut der Kämpfe gewöhnt waren, war kein Platz für wohlklingende Süße.

»Hör auf damit«, rief einer von ihnen ihm zu. »Du wirst uns mit deiner Musik noch zum Weinen bringen. Spiel uns lieber was auf dem Horn vor!«

Der Bogen verharrte bewegungslos in der Luft, dann fiel er auf die Saiten zurück, ohne sie wirklich zum Klingen zu bringen. Wortlos streckte Karelsky sich auf seinem Lager aus.

Am nächsten Morgen fand Johannes beim Aufwachen seine Geige zerbrochen am Fußende seines Bettes. Er erfuhr niemals, wer das getan hatte.

Er sprach zu niemandem darüber und versuchte auch nicht herauszufinden, wer dieses Verbrechen begangen hatte.

Er wusste, dass der Krieg auch ihn zerbrechen würde.

II

Als die französische Armee am 16. Mai 1797 in Venedig einfiel, war es, als wäre sie in Stille versunken. Die Schönheit und Reglosigkeit der Stadt ließen die Plünderungen, den Lärm und die Wut der Männer umso deutlicher hervortreten. Was Johannes sofort überraschte, war diese Ruhe, die von allen Gässchen ausging, dieser Friede, den er so viele Monate nicht mehr gekannt hatte.

Die Serenissima hatte elf Jahrhunderte den Einfällen der Barbaren standgehalten und als starke Seemacht ihre Herrschaft bis in den Orient ausgedehnt. Nun wurde sie plötzlich von der Karte Europas radiert. Und bewaffnete Fremde wollten sich ihrer bemächtigen.

»Venedig«, sagte Karelsky zum Oberarzt, »ist keine Stadt, sondern ein Traum am Rande des Meeres.«

Es war das erste Mal seit seiner Verwundung, dass der Krieg ihm ein wenig Freude schenkte. Die Freude, als Sieger die Stadt seiner Träume zu betreten.

So viele Wunder, emporgestiegen aus der Tiefe der

Zeiten, so viel Gold, so viele Meisterwerke, dargeboten den Blicken dieser schmutzigen, stinkenden, völlig erschöpften Männer, konnten gewiss nur einem Traum entspringen.

Nachdem er der Stille der Stadt gelauscht hatte, rief Johannes:

»Das ist das Venedig, nach dem ich mich immer gesehnt hatte!«

Aber er täuschte sich. Doch das wusste er nicht. Venedig war ein prächtiges Schiff. Aber dieses Schiff leckte an allen Ecken und Enden.

Venedig ist schön. Es quillt über von Gold, von Schmuck und von Bildern, von Palazzi, von Stille und von Wasser. Innerhalb weniger Tage bemächtigte sich die Grande Armée des Goldes, des Schmucks und der Bilder. Sie besetzte die Palazzi, brach die Stille. Dann setzte sie ihren Marsch auf den Rest Europas fort. Bonaparte, schon unterwegs nach Wien, wollte nicht, dass sie sich in Venedig aufhielt. Er wusste, was Hannibal der Aufenthalt seiner Kohorten in Capua gekostet hatte.

Die Armee zog aus der Stadt ab. Man ließ Besatzungstruppen zurück. Als Kriegsversehrter gehörte Johannes Karelsky zu ihnen.

Er sollte acht Monate in der stillsten aller Städte bleiben. Einem idealen Ort, um die Musik wiederzufinden. Ein gesegneter Ort, um seine Oper zu schreiben.

12

Man quartierte ihn bei einem alten Mann ein, der ein geräumiges Haus in der Salizada San Moisè, ein paar Schritte vom Markusplatz entfernt, besaß.

Als Johannes mit seinem Quartierzettel erschien, begriff er, dass der Krieg nicht für alle gleich war.

»Johannes Karelsky. Erfreut, Ihre Bekanntschaft zu machen.«

»Erasmus. Was kann ich für Sie tun?«

»Ich bin Franzose. Ich soll hier wohnen, solange ich in Venedig bin.«

Der alte Mann gab keine Antwort. Wie erstarrt stand er da.

»Ich möchte nicht, dass mein Eindringen Ihnen Unannehmlichkeiten bereitet«, sagte Johannes. »Ich werde so diskret wie möglich sein und versuchen, Sie nicht zu stören.«

Erst jetzt lächelte Erasmus schüchtern, aber es genügte, um Johannes' Herz zu erfreuen.

»Ich danke Ihnen für Ihre Rücksicht, mein Herr, aber ich bin zu alt, um mich für diesen Krieg zu interessieren. Ich habe natürlich von Bonaparte gehört, und wenn Venedig jetzt französisch ist, dann muss ich mich fügen.«

Der alte Mann sprach gut Französisch. Er trat zur Seite und lud Karelsky ein hereinzukommen. Johannes dankte ihm mit einer Kopfbewegung und lächelte seinerseits.

»Wo haben Sie gelernt, unsere Sprache zu sprechen, mein Herr?«

»In Paris. Vor langer Zeit.«

»Was haben Sie in Paris gemacht, wenn die Frage nicht zu indiskret ist?«

»Ich habe meinen Beruf ausgeübt. Ich bin Instrumentenmacher, Geigenbauer.«

Johannes sah Erasmus an, als sähe er ihn zum ersten Mal.

»Geigenbauer, sagen Sie?«

»Ja. Was ist daran so seltsam?«

»Nichts. Ich glaube, die Götter wollten, dass wir uns begegnen.«

13

Auf diesem Floß der Stille, das Venedig ist und das jeden Tag ein wenig mehr im Meer versinkt, zählt man viele Musikerseelen.

Die erste war die von Johannes Karelsky.

Die zweite die von Erasmus.

Die dritte war die Seele des Krieges.

Aber von dieser Musik sprachen die beiden Männer nie.

Jeden Morgen verließ Johannes das Haus des Geigenbauers und kehrte, fast widerstrebend, in seine Garnison zurück. Dort langweilte er sich tödlich. In der Regel tat er nichts. Manchmal bat man ihn, Formulare auszufüllen, und das langweilte ihn noch mehr.

Am 4. Juni, Pfingstsonntag, gab man ein prunkvolles Fest auf dem Markusplatz, bei dem italienische und französische Offiziere sich mischten. Die Fahnen Venedigs wurden durch die Trikolore der französischen Republik ersetzt. Am Ende der Zeremonie verbrannte man das Goldene Buch und die Insignien der Dogenmacht.

Eine prächtige Oper war im Fenice vorgesehen. Es war eine einzige Zurschaustellung von Prunk und Luxus. Das Theater brach unter einer verschwenderischen Fülle von Seidenstoffen, Brokat und Spitze zusammen. Unter der Fuchtel seines neuen Herrn wollte Venedig glücklich sein.

Johannes nahm an diesen Festlichkeiten nur gezwungenermaßen teil. Der Krieg mit seinen Gräueln und seinen Ausschreitungen hatte ihn zermürbt. Nach seinem Dienst lehnte er es ab, sich mit seinen Kameraden zu betrinken, und beeilte sich, zum Haus von Erasmus zurückzukehren.

»Es ist Ihnen also egal, ob Sie Österreicher, Franzose oder Italiener sind?«, erkundigte sich Johannes am ersten Abend, den die beiden Männer gemeinsam verbrachten.

Über seine Werkbank gebeugt, schmirgelte der Geigenbauer mit unendlicher Sorgfalt eine Geigendecke.

»Meine wahre Heimat ist die Musik. Alles andere ist mir ziemlich egal. Aber Sie, ein Mann des Krieges, können das sicher nicht verstehen.«

»Glauben Sie das nicht. Es ist ein Missgeschick, dass ich Soldat bin. In Wirklichkeit bin ich Musiker.«

Überrascht blickte Erasmus zu Johannes auf:

»Welches Instrument spielen Sie?«

Während des langen Schweigens, das folgte, musterten sich die beiden Männer. Dann fuhr der Geigenbauer fort, das Stück Holz, das er in der Hand hielt, glatt zu schleifen, und Johannes antwortete:

»Geige.«

Erasmus unterbrach sofort seine Arbeit. Johannes' Stimme hatte gezittert, als er das Wort aussprach. Der alte Mann blickte mit seinen schwarzen Augen tief in die Augen des Franzosen und sah, dass er die Wahrheit sagte. Daraufhin nahm er ein Instrument, das über seiner Werkbank hing, reichte es Johannes und sagte:

»Zeigen Sie es mir.«

Karelsky, der seit vielen Monaten keine Geige mehr angerührt hatte, nahm langsam den Geruch des Holzes in sich auf und streichelte es lange, als handelte es sich um eine Frau. Dann legte er die Geige mit anmutigen und präzisen Bewegungen zwischen Schulter und Kinn, nahm den Bogen und begann zu spielen. Langsam. Dann immer schneller. Rauschhaft sich steigernd. Es war kurz und herrlich, und als er nach einer Reihe von in rasender Geschwindigkeit ausgeführten Pizzicati geendet hatte, stand er lange Sekunden regungslos da, mit geschlossenen Augen, vor Glück zitternd, wie betäubt von der Musik.

Er öffnete die Augen und ertappte den alten Mann dabei, wie er ihn anstarrte. Unbewegt. Erasmus schien nicht zu wissen, was er sagen sollte. Er rührte sich nicht in seinem Sessel. Er begann zu lächeln, und nach einer endlosen Weile rief er aus:

»Willkommen im Land der Musik! Willkommen im Haus von Erasmus!«

14

Das Haus von Erasmus dem Geigenbauer war gewiss das älteste und am wenigsten komfortable Haus Venedigs, aber es besaß die ausgeprägteste Seele von allen. In einem Gässchen, das tiefer als der Rest der Lagune lag, würde es gewiss als Erstes verschwinden, wenn Venedig in den Fluten versinken sollte.

Erasmus hatte nicht viel zum Leben nötig. Man hätte beinahe behaupten können, dass er sich von Musik ernährte. Schon sehr bald mochte er Johannes nicht mehr missen.

Erasmus rühmte sich, drei außergewöhnliche Dinge zu besitzen: eine schwarze, seltsam klingende Geige, ein Schachbrett, das er als magisch bezeichnete, und einen uralten Schnaps. Der alte Mann besaß außerdem drei außergewöhnliche Begabungen: Er war unbestritten der beste Geigenbauer Venedigs, er verlor niemals im Schach, und er brannte den vorzüglichsten Schnaps Italiens. Dafür hatte er im Hinterzimmer seiner Werkstatt einen Destillierkolben aufgestellt.

Vormittags restaurierte oder baute er Geigen, nachmittags brannte er Schnaps, und abends spielte er Schach, ganz dem Rausch hingegeben, in den diese drei Leidenschaften ihn versetzten.

Niemals traf man ihn nüchtern an. Erasmus war stets berauscht, sei es von Musik, vom Trinken oder vom Spiel.

Wenn er betrunken war, sprach er pausenlos. Wenn er nicht über Geigen sprach, sprach er über Schnaps. Wenn er nicht über Schnaps sprach, sprach er über Schach. Wenn er nicht über Schach sprach, sprach er über Musik. Und wenn er nicht über Musik sprach, dann sagte er nichts.

Hier, in der Werkstatt des alten Mannes, der sein Freund geworden war, holte sich Karelsky Abend für Abend während einer endlosen Schachpartie die Inspiration, die er brauchte, um sein Werk zu schaffen.

15

Was ist denn am Schnapsbrennen so reizvoll?«, fragte Karelsky seinen Freund eines Abends.

»Es ist berauschend!«, antwortete Erasmus.

Auf dem Schachbrett schützte der schwarze Läufer die Dame.

»Um einen hochwertigen Schnaps zu erhalten, braucht man Liebe und Zeit.«

Johannes hob einen Augenblick den Kopf und wiederholte langsam, Erasmus in die Augen blickend:

»Liebe und Zeit ...«

Dann zog er seinen Springer und ließ dadurch seinen König so ungedeckt, dass Erasmus ihm sofort Schach bot. Drei Züge später war er schachmatt.

»Und braucht man viel Liebe und Zeit?«

»Nicht zu viel und nicht zu wenig. Das hängt von den Jahren ab. Schachmatt!« Und er stand auf, nahm zwei Gläser, füllte sie mit einem honigfarbenen Alkohol und reichte eines dem Geiger.

»Probieren Sie das, Johannes! Der erste Schluck ist wie Feuer! Der zweite wie Samt! Der dritte ein Traum!«

Karelsky trank genau drei Schlucke, mit kalkulierter Langsamkeit, während der Geigenbauer ihn mit väterlichem Blick zärtlich ansah.

»Zeit«, sagte Erasmus, scheinbar widerstrebend, »habe ich nicht mehr viel ... Was die Liebe betrifft ...«

Er biss sich auf die Lippen, verzog das Gesicht und seufzte tief.

16

Was ist denn am Schach so reizvoll?«, fragte Johannes am folgenden Abend.

»Es ist faszinierend! Wenn man ein guter Schachspieler werden will, muss man ein bisschen verrückt sein. Man muss sich das Schachbrett mit seinen vierundsechzig schwarzen und weißen Feldern so lange im Kopf vorstellen, bis man den Verstand verliert. Es ist das einzige Spiel, das wahnsinnig macht. Deswegen spiele ich ja Schach.«

»Ich weiß nicht, ob ich für dieses Spiel verrückt genug bin.«

»Wenn Sie jeden Abend gegen einen imaginären Feind spielen, so wie ich es seit vierundfünfzig Jahren tue, dann werden Sie es, dessen können Sie sicher sein.« – Doch Johannes interessierte sich nicht für Alkohol und Schach. Er sprach darüber nur, um Erasmus zu gefallen. Seine wirkliche Leidenschaft war die Musik. Und die schwarze Geige, die über der Werkbank des Meisters an der Wand hing, ließ ihm keine Ruhe. Sie war so schön, so beunruhigend, so menschlich, dass sie beinahe lebendig zu sein schien.

17

»Was ist denn an dieser schwarzen Geige so reizvoll?«, fragte Johannes am dritten Tag.

Erasmus blickte auf und erblasste ein wenig.

»Ich rate Ihnen nicht, auch nur eine einzige Saite zu berühren.«

»Warum? Ist sie so mittelmäßig, dass sie nicht verdient, gespielt zu werden?«

»Ganz im Gegenteil! Sie ist das wunderbarste Instrument, das ich kenne. Ein Hauch genügt, um sie zum Schwingen zu bringen. Aber die Musik, die herauskommt, kann das Leben dessen, der auf ihr spielt, verändern. Es ist wie mit dem Glück. Wenn man es einmal gekostet hat, dann brennt es sich einem ein. Das Gleiche passiert, wenn man die schwarze Geige spielt.«

»Haben Sie sie gespielt?«

»Ein einziges Mal. Vor sehr langer Zeit. Seitdem habe ich sie nicht mehr angerührt. Es ist wie mit der Liebe. Wenn man sie einmal erlebt hat – ich meine die wahre, die große Liebe –, muss man alles tun, um sie zu vergessen. Es gibt nichts Schlimmeres, als einmal in seinem Leben glücklich gewesen zu sein. Danach wird alles Übrige, auch die unbedeutendste Kleinigkeit, zu einem großen Unglück.«

18

Als Johannes an diesem Abend in sein Zimmer kam, schrieb er rasch ein paar Noten in die Partitur seiner Oper. Dann legte er sich schlafen und träumte von der schwarzen Geige.

Als er am nächsten Morgen aufwachte, warf er einen achtlosen Blick auf seine Arbeit und stellte etwas Merkwürdiges fest: Sein Heft war so unberührt wie an dem Tag, an dem er es gekauft hatte. Seine ganze Arbeit war während der Nacht verschwunden.

Johannes war so verblüfft, dass er einen Augenblick unfähig war zu denken. Er erinnerte sich an das Gespräch vom Vorabend und an seinen nächtlichen Traum. Das war alles sehr verwirrend. Vielleicht hatte er länger geträumt, als er geglaubt hatte? Vielleicht hatte er nie etwas in dieses Heft geschrieben?

Während des Tages ging er seinen Beschäftigungen nach und dachte nicht mehr daran. Als er jedoch am Abend wieder zu Erasmus kam, war das Erste, was er sah, als er in die Werkstatt trat, die schwarze Geige an der Wand.

Und Johannes begriff, dass diese Geige an allem schuld war. Mochte sein Verstand es akzeptieren oder nicht.

19

Als er ihm ein paar Tage später von seiner Inspiration erzählte, von dieser inneren Musik, die er in sich zu hören glaubte, die er aber, aus irgendeinem geheimnisvollen Grund, nicht aufs Papier zu übertragen vermochte, fragte Erasmus ihn zu seiner Überraschung:

»Kann man diese Oper, von der Sie so viel sprechen, denn bald hören?«

Johannes war so fassungslos, dass er kein Wort herausbrachte.

Es war das erste Mal, dass Erasmus ihn auf seine Musik ansprach. Gewöhnlich begnügte er sich damit, seine Worte mit einem Kopfnicken zu unterstreichen, sodass Johannes lange geglaubt hatte, der alte Mann höre ihm zu, ohne wirklich zu hören, was er ihm sagte.

Erasmus wiederholte seine Frage:

»Na, wann wird diese Oper fertig sein?«

»Es ist noch zu früh, um das sagen zu können. In einem Monat oder zwei, wenn alles gut läuft.«

Zwei Monate später fing der alte Mann wieder damit an.

»Wie viele Seiten hat die Partitur?«

Johannes hörte sich ganz ernst antworten: »Hundertsiebenundsechzig.«

»Wie viele Noten?«

»Siebzehntausendsechshundertdreiundzwanzig, die Viertelpausen nicht mitgerechnet.«

»Und wie viele haben Sie bereits komponiert?«

Johannes antwortete nicht.

In Wirklichkeit war es so, dass seine Oper, je länger er daran komponierte, immer unwirklicher wurde.

20

Johannes zögerte lange, sich dem alten Mann anzuvertrauen.

Eines Abends hielt er es jedoch nicht mehr aus. Siebenmal hatte er versucht, das Heft vollzuschreiben. Siebenmal war die Oper verblasst.

Die beiden Männer saßen bei Tisch und teilten sich einen Fasan, zu dem sie Valpolicella tranken. Es waren die ersten Oktobertage. Die Sonne verschwand jeden Tag ein wenig früher über der Lagune. Man feierte nichts Besonderes, es sei denn den Tod der schönen Jahreszeit und das Erscheinen des ersten Reifs. Gesättigt vom Duft der Erde Italiens, war der Wein wie das süße Überdauern einer Wärme und eines Wohlbefindens, die schon bald vergangen sein würden.

Für Johannes war es Zeit, sein Herz zu erleichtern.

Aber Erasmus kam ihm zuvor:

»Ich spüre, dass Sie mir etwas zu sagen haben.«

Während langer Sekunden saß der junge Mann da und blickte auf seinen Teller, bevor er den Blick heben und antworten konnte:

»Wie hast du das erraten?«

Zum ersten Mal duzte er den Geigenbauer. Erasmus störte das nicht. In diesem Augenblick fühlten die beiden Männer sich so nahe, dass das Schweigen ausgereicht hätte, um alles Übrige zu erklären.

»Das ist nicht schwierig. Seit einiger Zeit machst du einen sehr besorgten Eindruck. Erzähl mir, was dich bedrückt.«

Johannes trank ein Glas Wein und erklärte mit wenigen Worten die Geschichte mit dem Heft.

»Du hast bestimmt geträumt, Johannes. So etwas gibt es nur im Traum.«

»Nein, ich schwörs dir. Es muss da irgendetwas sein, das mich am Schreiben hindert.«

»Ein Zauber?«

Johannes wollte von der schwarzen Geige sprechen, im letzten Moment besann er sich jedoch.

»Vielleicht ...«

Er spürte die Gegenwart der schwarzen Geige hinter sich, und das beunruhigte ihn auf merkwürdige Weise.

»Dann wirst du warten müssen«, sagte Erasmus; er stand vom Tisch auf und ging zu seinem Sessel.

Vor ihm auf dem Schachbrett schützte der schwarze Springer die Dame. Johannes ging zum Geigenbauer und setzte sich ihm gegenüber. Dieser holte die Flasche mit dem Schnaps hervor, und die beiden Männer setzten die am Abend zuvor unterbrochene Partie fort.

»Warten auf was?«

»Dass etwas passiert.«

»Ich verstehe nicht.«

»Das nennt man hoffen. Eines Tages wirst du deine Oper schreiben. Und du wirst sie spielen. Vielleicht nur ein einziges Mal, nur für dich, aber du wirst sie spielen. Ohne Hoffnung gibt es kein Glück auf Erden.«

Johannes wiederholte langsam Erasmus' Worte.

»... gibt es kein Glück auf Erden ... Aber Glück gibt es nur in den Träumen! Weißt du, ich habe es dir nie erzählt, aber eines Nachts – in dieser berühmten Nacht, in der ich auf dem Schlachtfeld verwundet wurde – ist eine Frau zu mir gekommen ... im Traum, denke ich, und seitdem verfolgt sie mich nachts.«

»Warte, bis der Traum Wirklichkeit wird, und du wirst erlöst sein. Das geschieht immer. Du musst nur warten.«

»Lange?«

»Die Zeit spielt keine Rolle. Ein paar Sekunden oder ein paar Jahrhunderte, das ist unwichtig. Irgendwann hat jedes Warten ein Ende.«

»Immer?«, fragte Johannes.

»Immer!«, antwortete Erasmus.

Johannes seufzte und machte einen Zug. Mit der schwarzen Dame.

»Ich weiß nicht, ob ich die Geduld dazu haben werde«, sagte er.

Er beschloss zu warten.

21

Am nächsten Tag sagte Erasmus, als sie vor dem Schachbrett saßen und die Partie fortsetzten, die sie jeden Abend unterbrachen:

»Bevor du deine Oper schreibst, musst du sie leben.«

»Das stimmt«, sagte Johannes. »Daran habe ich nie gedacht. Ich hatte sogar niemals gedacht, dass leben nützlich sein könnte.«

»Ich weiß aber, wie du dein Leben interessant gestalten könntest.«

»Ach ja? Und wie?«

»Indem du den Traumanteil suchst, der dir zusteht.«

»Und wo ist dieser Anteil?«

»Überall in der Welt. Vor allem aber in dir.«

Überrascht sah Johannes zum Geigenbauer auf. Dann zog er, ohne lange nachzudenken, seinen Läufer und ließ ihn sieben Felder zurückspringen.

»Jede Seele hat ihren Anteil am Traum. Dadurch, dass du jede Nacht von dieser seltsamen und schönen Frau träumst, hast du Teil an diesem Prinzip.«

»Das Schöne an den Träumen ist, dass sie keine Grenzen haben, dass sie einem alle möglichen Fähigkeiten verleihen.«

»Natürlich. Im Traum ist alles möglich.«

»Und wie stellt man es an, damit das auch im Leben so ist?«

Erasmus antwortete nicht gleich. Er betrachtete lange das Schachbrett. Mit seiner Dame schlug er Johannes' Läufer. Dann nahm er einen kräftigen Schluck Schnaps und betrachtete die schwarze Geige an der Wand. Schließlich drehte er sich wieder zu Johannes um und sagte:

»Weißt du, letzten Endes muss man die Träume zerstören.«

22

Eines Sonntags im November 1797, während Schnee auf Venedig fiel, begab Johannes sich nach San Zaccaria, um der Vesper beizuwohnen. Als er danach allein in der Kirche war, kniete er nieder und betete.

Da hörte er, wie sich langsam eine Frauenstimme erhob: ein zarter, schöner Gesang. Ein Zittern ging durch seinen ganzen Körper. Es war eine ätherische Stimme. Während er ihr zuhörte, musste er unwillkürlich an Gott denken.

Er wusste nicht, woher die Stimme kam oder an wen sie sich richtete. Nein, all das wusste er nicht. Aber irgendwie wusste er, dass diese Stimme ganz und gar der Stimme der Unbekannten glich, die ihn am Abend der Schlacht von Montenotte, indem sie ihm Wasser für den Körper und Gesang für die Seele spendete, vor dem sicheren Tod gerettet hatte. Diese Musik und dieses Timbre, von denen er so oft geträumt hatte, konnten nur dieser überirdischen Stimme gehören. Sie war es.

Johannes atmete tief durch, während die Musik

die Kirche erfüllte, seine Seele erfüllte, durch seinen Körper und seinen Geist hindurchging. So oft hatte er diese Szene, diesen Augenblick, die er ein paar Sekunden zuvor noch für unmöglich gehalten hatte, herbeigesehnt!

Diese Stimme sang nicht einfach nur für Gott. Johannes wusste, dass sie auch für ihn sang. Davon war er felsenfest überzeugt. Diese Stimme war die Stimme seiner Oper, so wie seine Oper dieser Stimme zugedacht war. Diese Frau, diese Unbekannte, kam ein wenig seinem Traum gleich, den er in sich hatte. Er wiederum besaß ein wenig von ihrer Seele. So war das.

Johannes kniete weiter, völlig erstarrt, so sehr war er innerlich aufgewühlt und bebte vor Lust und Glück. Er wagte nicht, die Augen zu öffnen, aus Furcht, der Zauber würde verschwinden, die Stimme verstummen. Er wollte nicht, dass der Gesang aufhörte. Er musste noch warten, warten, dass etwas geschehen, dass etwas Gestalt annehmen und in ihm leben und wachsen würde. Wie eine Geburt. Wie eine Niederkunft. Wie ein großer Schmerz. Die Geburt eines Teils seiner Seele im Schmerz und in der Lust.

Als der Gesang verstummt war, öffnete er die Augen. Langsam, zögernd erhob er sich und suchte die Unbekannte mit den Augen. Aber er sah niemanden. Nicht einmal einen Schatten. Nur die Abwesenheit der Musik und das Fehlen dieser Stimme.

Er war allein. Allein mit dieser Stimme in sich und um ihn herum.

Ein weiteres Mal hatte sie sich ihm entzogen.

Von Schwindel erfasst, floh er zum Haus von Erasmus.

23

Als er dem alten Mann von dieser Stimme erzählte, bemerkte Johannes ein Leuchten in seinem Blick.

»Also bist auch du ihr begegnet? Auch du hast den Traum letzten Endes zerstört?«

Schweigen. Johannes wusste nicht, was er sagen sollte.

»Weißt du, wer sie ist?«, fragte Erasmus. »Weißt du, wer diese Stimme ist?«

Wieder Schweigen.

»Ich fürchte, ja …«

Die Blicke der beiden Männer richteten sich auf eine bestimmte Stelle an der Wand.

»Setz dich, Johannes, ich will dir etwas erzählen.«

Der junge Mann gehorchte, und während Erasmus ihm einschenkte, begriff er, dass für den alten Meister der Augenblick gekommen war, das Geheimnis der schwarzen Geige zu enthüllen.

Zweiter Teil

24

Durch eine sonderbare Neigung meines Geistes, die bisweilen an Wahnsinn grenzte, habe ich niemals ein anderes Daseinsziel gehabt, als die Musik in Leben zu verwandeln. Ich wollte, dass man von mir sagt: Erasmus, der größte Geigenbauer aller Zeiten. Ich wusste, dass mich der Hauch des Genies berührt hatte.

Zu der Zeit, als diese Geschichte beginnt, war ich ein junger Mann. Ich wohnte weit weg von Venedig, in einer Stadt, die man Cremona nennt und die fürwahr die Wiege des Geigenbaus ist. In dieser Gegend, in der Anfang des 16. Jahrhunderts die Geige entstanden ist, lernte ich die Kunst des Geigenbaus.

Ich sollte Geigenbauer werden, aber ich strebte nach etwas anderem. Etwas Größerem, Maßloserem. Ich wollte die schönste Geige der Welt bauen: eine vollkommene Geige, mit einem so überwältigenden Klang, dass jeder, der sie spielt, sich an den Himmel wenden und zu Gott sprechen würde.

25

Seit meiner Kindheit liebte ich die Musik und diente ihr. Und indem ich ihr diente, wollte ich Gott dienen. Nicht aus Eitelkeit, sondern weil ich überzeugt war, dass ich eine ungewöhnliche Gabe besaß, einen außergewöhnlichen Willen, und dieses Mehr an Seele, das aus manchen Menschen Genies macht oder Wahnsinnige – was, wie man weiß, eindeutig das Gleiche ist.

Ich habe nie aufgehört, mich etwas anderem als der Vervollkommnung meiner Kunst zu widmen. Ich stand auf, aß, ging, schlief, lebte für die Musik. Eine seltsame Musik, die ich in meine Geigen einschließen wollte.

In Wahrheit war diese vollkommene Musik eine menschliche Stimme. Die Stimme einer Frau. Einer Frau, die ich besser als mich selbst kannte. Eine Stimme, die ich besser als meine eigene Stimme kannte. Aber zu meinem Unglück hatte ich diese Stimme nur im Traum gehört.

26

Ich kenne nur ein Instrument, das sich der menschlichen Stimme anverwandeln kann: die Geige. Seit dem Augenblick, in dem ich die Schwingung gespürt habe, die durch die Begegnung eines Bogens mit den vier Saiten der Geige entsteht, hat meine Leidenschaft für dieses Instrument nicht nachgelassen. Die Geige ist eine Stimme.

Eines Tages spielte mein Vater in meiner Gegenwart eine Partita, die mich zutiefst verstörte.

»Das ist genau das, was ich machen möchte«, sagte ich zu ihm, kaum hatte er den Bogen abgesetzt.

»Du willst Geiger werden?«

»Nicht nur. Ich möchte Geigen bauen, die zu den Herzen der Menschen sprechen. Und sogar die schönste Geige der Welt!«

Er sah mich mit Strenge an, die aber durch sein Interesse für mein Ansinnen gemildert wurde.

»Ist das wirklich der Beruf, den du ausüben möchtest?«

»Ja«, antwortete ich mit fester Stimme.

»Schön. Wir werden sehen, ob du dich dafür eignest.«

Am nächsten Tag brachte er mich in die Werkstatt von Francesco Stradivari, dessen Vater Antonio, genannt Stradivarius, gerade gestorben war.

27

Francesco Stradivari war ein Mann aus einer anderen Zeit. Trotz seines großen Wissens besaß er nicht im Entferntesten das Genie seines berühmten Vaters. Als er mich als Lehrling aufnahm, ging es mit dem Familienbetrieb bereits bergab. Francesco selbst hatte nur noch ein Jahr zu leben. Das goldene Jahrhundert des Cremonenser Geigenbaus ging zu Ende.

Francesco sprach wenig. Um seine Freude und seinen Kummer auszudrücken, kannte er nur die Musik. Er spielte so häufig, dass er den Bau der Geigen seinen Lehrlingen überließ. Dennoch zeichnete er sie mit seinem Namen und manchmal sogar mit dem seines Vaters, wenn es sich um den Auftrag einer hochgestellten Persönlichkeit handelte.

Die Großen dieser Welt waren schon bald begierig, eine »Stradivarius« zu besitzen, wie hoch der Preis auch sein mochte. Ein Hoforchester, das keine Instrumente des Meisters besaß, wurde häufig verachtet, und die großen Solisten weigerten sich ganz einfach, mit ihm zu spielen. Daher waren die Fürsten und Herzoge als echte Mäzene bereit, horrende Summen auszugeben, um ihrem Orchester zu einer oder mehreren Geigen zu verhelfen, die vom großen Geigenbauer eigenhändig signiert waren.

Eines Tages schickte der König von Schweden seinen Kirchenchorleiter zu ihm, um eine kleine Bratsche zu bestellen, die er seinem Sohn schenken wollte. Der Gesandte wies darauf hin, dass der König natürlich eine »Stradivarius« wünsche. Aber alle Instrumente des Meisters waren verkauft. Francesco löste das Problem, indem er dem Abgesandten zu einem guten Preis ein Instrument anbot, das er gerade beendet hatte. Das Schild auf der Bratsche trug die Aufschrift:

Franciscus Stradivarius Cremonensis
Filius Antonii facebiat Anno 1742

Zwei Monate später kehrte der Gesandte des schwedischen Königs zurück.

»Seine Majestät der König von Schweden ist sehr wütend«, sagte er. »Die bestellte Bratsche ist keine echte ›Stradivarius‹.«

Er zog eine Börse voll mit Gold heraus und warf sie auf die Werkbank.

»Ich nehme an, das wird reichen?«

Ohne ein Wort zu sagen, griff Francesco die Bratsche und betrachtete traurig sein Werk.

Beunruhigt sah der Abgesandte den Geigenbauer an, der vor Wut außer sich zu sein schien.

»Eine echte ›Stradivarius‹!«, presste er zwischen den Zähnen hervor. »Sie sollen sie bekommen, Ihre echte ›Stradivarius‹!«

Er lief in die Werkstatt und schloss sich darin ein. Man hörte ihn mit seinem Werkzeug hantieren. Nach einer ganzen Weile kam er mit einem Instrument heraus, das dem ersten fast aufs Haar glich. Auf dem Schild aber konnte man lesen:

Antonius Stradivarius Cremonensis
Facebiat Anno 1737

Man erzählt, dass der König von Schweden in ganz Europa das Gerücht verbreiten ließ, er habe für teures Geld das letzte Kleinod des Meisters aus Cremona erworben.

Francesco hatte natürlich nichts anderes getan, als die Schilder auf der Bratsche auszutauschen, eine einfache Handlung, durch die er den Wert des Instruments ganz beträchtlich steigerte.

Und so wurde Francesco dank des Königs von Schweden reich. Aber es machte ihn auch bitter.

Alles an diesem Mann verriet die Enttäuschung und die Bitterkeit dessen, der weiß, dass er ein unvergleichliches Wissen in sich trägt, das er jeden Tag ein wenig mehr verschwinden sieht. Der Ruf seines Vaters warf einen Schatten auf ihn, der ihn daran hinderte, sich seiner Arbeit als Künstler ganz und mit Erfolg hinzugeben. Schon bald vernachlässigte er seine Werkzeuge und begnügte sich damit, die Arbeiten seiner Lehrlinge zu überwachen.

Wenn er morgens aufwachte, griff er nach seinem Instrument und spielte ein paar lebhafte Arpeggien auf der Geige, um seine Finger zu lockern. Dann ging er zu schwierigeren Stücken über, bis er sich schließlich abends selbst komponierten Stücken widmete.

Wenn einer seiner Schüler wagte, ihm eine Frage zu stellen, nahm er seine Geige und spielte, bis er spürte, dass sein Zuhörer unruhig wurde. Dann hörte er auf und sagte nur:

»Wenn du in der Lage sein wirst, die Zuhörer mit deiner Musik zu Tränen zu rühren, dann wirst du deine Stimme für überflüssig halten.«

Ich glaube, er war sich bewusst, dass er nur der Sohn des größten Geigenbauers aller Zeiten war, und das stürzte ihn in tiefe Verzweiflung.

Im Gegensatz zu diesem schweigsamen Lehrer war ich ein überschäumender junger Mann. Meine innere Musik brach sich Bahn in ständigem Reden, in Schreien, Wut, Lachen, Schwingungen aller Art. Während die Seele von Francesco Stradivari nach Stille strebte, sog meine Seele die Klänge wie ein Schwamm auf.

Um Musik zum Klingen zu bringen, gab es kein besseres Instrument als meine Leidenschaft für die Geige. Eine Leidenschaft, die so sehr derjenigen dieses Stradivarius glich, den ich nie kennengelernt hatte, von dem ich aber wusste, dass ich ihn besser als jeden anderen kannte.

28

Lange nach seinem Tod war die außergewöhnliche Schaffenskraft von Antonio Stradivarius in seiner Werkstatt noch zu spüren, in der es vor Leidenschaft geradezu bebte.

Diese Schwingungen, die der gewöhnliche Sterbliche nicht spürt, die für sensible Seelen jedoch da sind, nahm ich jeden Tag wahr, wenn ich das Allerheiligste des Meisters betrat. Während Francesco in diesem Durcheinander von Instrumenten, in diesen Geigendecken, diesen Zargen, diesen Schnecken, die überall in der Werkstatt verstreut waren, nur einen Wust von Holzstücken sah, die dazu dienten, einen Gegenstand zu schaffen, der einen Klang hervorbringt, so einzigartig er auch sein mochte, erkannte ich darin das Wunder des Gleichgewichts, das erlaubt, den Klang zu erzeugen, der die Welt der Menschen mit der Welt des Himmels verbindet.

29

Und ein Traum hat mich dazu gebracht, die schwarze Geige zu bauen.

Ich war ein unverbesserlicher Träumer. Wenn ich nicht im Wachzustand in der Werkstatt träumte, hatte ich die ganze Nacht zum Träumen. Abgesehen vom Geigenbau war das sogar die einzige Tätigkeit, die mir auf Erden Glück schenkte.

Jede Nacht träumte ich den gleichen Traum. Eine unendliche Geschichte.

Eine Frau kam zu mir. Ich wusste nichts über sie, kannte weder ihr Gesicht noch ihre Gestalt. Aber ihre Stimme aus Gold, die mich nachts verfolgte, durchbohrte mir das Herz, wann immer ich sie hörte.

In Wahrheit liebte ich eine Frau, die nicht existierte.

Jede Nacht kehrte der gleiche Traum in meinen Schlaf zurück. Und das Jahre hindurch. Ich lief durch eine fremde Stadt, in der ich in der Biegung eines Gässchens den Gesang einer Geige hörte. Ich ließ mich dann von dieser Stimme führen, ging durch menschenleere, mondüberzogene, dem Traum geöffnete Straßen und kam zu einer steinernen Brücke, die einen Kanal überspannte, in dem das stehende Wasser ein maskiertes Gesicht spiegelte. Die Frau, die spielte, stand auf der Brücke. Sie wandte mir den Rücken zu.

Langsam näherte ich mich ihr, berührte ihre Schulter, während die Musik meinen Körper, meine Seele betörte. Die junge Frau drehte sich um, und ich entdeckte das Unerhörte: Sie spielte nicht Geige! Sie war die Geige! Von der Hüfte bis zur Taille, vom Bauch bis zum Hals. Ihr gerundeter Körper hatte die Form einer Geige. Und ihre Stimme war der Klang des Instruments, eine kristallklare Stimme, die nicht menschlich zu sein schien. In den Händen hielt sie die Partitur einer Oper, und die Melodie, die sie sang, diese wunderbare Musik, stieg aus ihr auf wie göttliche Musik. Sie öffnete die Arme und bot sich mir dar, und in dem Augenblick, in dem ich sie umarmen wollte, verschwanden Frau, Geige, Musik und Traum in den Flammen. Da begann ich zu schreien und wachte auf.

Jeden Morgen versuchte ich auf einer meiner Geigen den einzigartigen Klang dieser Stimme wiederzufinden, aber es gelang mir nie, einen solchen Grad an Vollkommenheit zu erreichen.

Ich erzählte niemandem von diesem seltsamen Klang. Weder Francesco Stradivari – den ich gleichwohl in zärtlicher und aufrichtiger Freundschaft liebte – noch den Gesellen, die mit mir arbeiteten.

30

1743 starb Francesco, und mit ihm erlosch die berühmte Familie der Stradivari.

Die Gesellen verließen Cremona und gingen in andere Städte Europas.

Ich blieb allein in der Werkstatt. Die Geschäfte gingen immer schlechter.

Eines Tages kam ein Venezianer, Conte Ferenzi, der auf der Durchreise in Cremona war, um eine Geige zu bestellen. Er war ein etwas beunruhigender Mann, ziemlich von sich überzeugt und über alle Maßen reich. Er reiste in einer Kutsche mit zwei Domestiken, die ihm überallhin folgten. Er blieb nicht lange in der Werkstatt und erklärte mir, dass er auf der Stelle nach Venedig zurückreisen müsse.

»Ich wünsche, dass Sie Ihr Bestes geben und dass Sie die Geige unter allen Umständen am ersten Sonntag im Oktober liefern.«

»Da bleibt mir nicht sehr viel Zeit …«

»Ihr Preis ist der meine.«

Ich überlegte kurz und beschloss, dass ich im Grunde keine Wahl hatte. Im Übrigen besaß ich genügend handwerkliches Können und genügend Erfahrung, um diese eilige Bestellung allein auszuführen.

»Ich werde Tag und Nacht arbeiten, wenn es sein muss. Ich werde selbst nach Venedig kommen und Ihnen die Geige rechtzeitig bringen.«

Der Graf verabschiedete sich, nachdem er mich bezahlt hatte.

Ich schloss mich in die Werkstatt ein und machte mich sogleich an die Arbeit.

Ich beschloss, eine Geige nach einem Modell zu bauen, das Stradivari gezeichnet hatte. Die Zeichnung gehorchte komplizierten Regeln, die ich lange studierte, bevor ich mich ans Werk machte. Nach einigen Wochen hatte ich eine Rohform fertiggestellt. Nachdem ich die klanglichen Eigenschaften überprüft hatte, die mir ausgezeichnet vorkamen, konnte ich mit dem Lackieren beginnen. Schließlich zog ich die Saiten auf und hielt meine erste Geige in den Händen. Erleichtert konnte ich sie zum Klingen bringen und begriff, dass auch ich jetzt ein vollwertiger Geigenbauer war.

Tag und Nacht über meine Werkbank gebeugt, war es mir in unglaublich kurzer Zeit gelungen, ein recht brauchbares Instrument zu bauen.

Am ersten Sonntag im Oktober brach ich im Morgengrauen nach Venedig auf.

31

An diesem Tag war ich zwanzig und entdeckte Venedig zum ersten Mal. Ich spürte, dass ich zwei reine und schöne Dinge besaß: eine Geige und ein Herz. Ich wusste nicht, dass ich beide zerstören sollte. Für immer.

32

Was mich am meisten überraschte, als ich nach Venedig kam, war dieses Gefühl von Leichtigkeit, das mein ganzes Wesen erfasste, diese Überreizung der Sinne, diese plötzliche Lust, zu leben und zu lieben.

Es war Herbstanfang. Der Karneval hatte soeben begonnen. Das Volk war glücklich. Für sechs Monate sollte Venedig zu einer Fantasie werden. Bis zur Fastenzeit würde man sich ruinieren, einzig und allein um die Augen zu erfreuen.

Ich erreichte die Stadt mit dem Schiff und gelangte zum Anlegesteg des Palazzo Ferenzi. Er war ein schönes venezianisches Haus mit zwei Stockwerken, dessen Haupteingang auf den Canal Grande ging. Obwohl die ockerfarbene Fassade an einigen Stellen bröckelte, spiegelte sie sich majestätisch im schwarzen Wasser. Ich sprang an Land und läutete. Ein livrierter Diener öffnete mir.

»Mein Name ist Erasmus, und ich suche den Conte Ferenzi. Ich habe eine Geige für ihn.«

»Einen Augenblick, bitte. Ich werde Sie dem

Grafen melden. Wenn Sie sich hereinbemühen wollen …«

Ich trat in eine riesige Vorhalle. Der Diener bat mich zu warten und ging die Stufen der Treppe hinauf. Ich benutzte seine Abwesenheit, um den Raum eingehend zu mustern.

Der Fußboden war eine schöne schwarz-weiße Fayence mit Schachbrettmuster. Die in warmen Farben gestrichenen Wände waren über und über mit Bildern bedeckt, die fast alle die Lagune zu den verschiedenen Jahreszeiten zeigten. In einer Ecke stand eine Statue, die einen weiblichen Akt darstellte. Bogenfenster, die sich auf den Canal Grande öffneten, boten trotz des Morgennebels einen ziemlich einzigartigen Blick. Am Fuße der Treppe bemerkte ich eine wunderschöne Konsole aus rosa Marmor, auf der eine Tabakdose aus Silber stand. Die Vorhalle bot allerdings nur einen Vorgeschmack auf die Wunder des Palazzo.

Dennoch konnte das Haus der Ferenzi ebenso wenig wie ganz Venedig vergessen lassen, dass dieses architektonische Juwel auf Pfählen ruhte, die in den Schlamm gerammt worden waren, und dass alles Gold der Welt es nicht vor dem Untergang bewahren konnte. Die alternde Stadt verbarg ihre Runzeln hinter einer Zurschaustellung von Luxus, Seidenstoffen und Wandbehängen. Sie wollte schön und mächtig sein, zehrte aber nur noch von ihrem Ruf. Ich bemerkte, dass die Wand der Treppe an einigen Stellen rissig war und dass der Firnis ihrer einstigen Schönheit die Spuren der Zeit nicht mehr verbergen konnte.

Nach einer kurzen Weile erschien der Graf.

Er kam mir genauso seltsam vor wie beim ersten Mal. Wie sein Haus wollte er täuschen, aber man spürte, dass er alt und krank war.

»Was kann ich für Sie tun?«

»Mein Name ist Erasmus. Ich bin gekommen, um Ihnen die Geige zu bringen, die Sie bei mir bestellt haben.«

»Ach ja, ich erinnere mich. Aber sie ist nicht für mich, sie ist für meine Tochter Clara. Ich möchte sie ihr zu ihrem Geburtstag schenken, der mit dem Beginn des Karnevals zusammenfällt. Jedes Jahr befinde ich mich in der gleichen Zwickmühle. Sie hat schon so viele Dinge! Ich weiß nie, was ich ihr noch schenken soll: große Abendtoiletten, Schmuck, Kleider … Ich glaube, diesmal habe ich ein wenig Originalität bewiesen.«

Dann, leiser, gleichsam vertraulich:

»Sie kommt erst heute Abend nach Hause, und ich möchte, dass Sie sie ihr persönlich überreichen. Ich selbst muss jetzt sofort nach Verona aufbrechen, wohin mich Geschäfte rufen. Ich werde leider mehrere Tage abwesend sein. Darf ich mir erlauben, Sie noch einmal zu bemühen?«

»Zu Ihren Diensten.«

»Sehr schön. Kommen Sie bei Einbruch der Dunkelheit wieder. Ich gebe hier ein großes Fest, um den Beginn des Karnevals zu feiern. Kommen Sie in einem Kostüm Ihrer Wahl. Und schenken Sie Carla die Geige in meinem Namen. Ich wäre Ihnen sehr dankbar.«

»Ich werde mich heute Abend einfinden, Graf.«

Er dankte mir und fügte hinzu, als spräche er zu sich selbst:

»Diese Geschäfte kommen wirklich ungelegen. Meine Tochter singt morgen Abend im La Fenice, und ich hätte sie so gerne gehört.«

»Ihre Tochter ist Sängerin?«

»Nein, aber ich habe das Teatro La Fenice für sie gemietet. Sie hat eine schöne Sopranstimme. Wenn Sie Zeit haben, lassen Sie sich nicht entgehen, sie zu hören. Man sagt, sie habe Gold in der Kehle! Wenn Sie sie gehört haben, werden Sie sie nicht mehr vergessen können.«

Ich versprach ihm, seinen Rat zu befolgen.

»Sehr schön, sehr schön. Und jetzt entschuldigen

Sie mich, die Zeit drängt. Leben Sie wohl, mein Herr.«

Wir verabschiedeten uns, und ich verließ den Palazzo.

33

Bis zum Abend schlenderte ich durch Venedig. Das Fest hatte gerade erst begonnen. In der Luft war ein Duft von Freiheit zu spüren und hier und da der eine oder andere frivole Wohlgeruch.

In der Nähe des Campo Sant'Angelo genoss ich auf der Terrasse einer Trattoria einen Tintenfisch in seiner Tinte.

Nachmittags ließ ich mich durch das Gewirr der Gässchen und Brücken treiben, ohne auf meinen Weg zu achten, bereit, mich in der Stadt zu verlieren.

Ein paar Kurtisanen, gehüllt in einen langen schwarzen Umhang, auf dem Kopf einen Dreispitz und eine weiße Maske vor dem Gesicht, drehten sich nach mir um, als ich vorbeiging, und lachten über meine Kleidung.

Des Spotts überdrüssig, erkundigte ich mich sofort nach der Adresse eines Kostümverleihers, um eine Verkleidung für mich zu finden.

In meinem neuen Kostüm kehrte ich ins Zentrum zurück, wo das Fest in vollem Gange war, und mischte mich unter die Masken, Jongleure, Akrobaten und Musiker.

Der Karneval hatte gerade unter einem Regen von Luftschlangen und Konfetti begonnen. Auf dem Uferdamm zeigte ein Feuerschlucker seine Kunststücke, der schon bald von einer Schauspielertruppe abgelöst wurde.

Ich mischte mich unter den Zug und begann bisweilen sogar ein Gespräch mit Unbekannten. Man wusste nicht, mit wem man es hinter der Maske zu tun hatte. Sprach man mit einer Herzogin, einer Wäscherin, mit einem Mann, einer Frau? Wer war ich selbst unter dieser Kostümierung? Konnte man mich unter dieser Halbmaske nicht für einen dieser Würdenträger halten, für einen Patriarchen, für den Dogen womöglich? Oder sogar für einen Spion, und warum nicht für einen Räuber der schlimmsten Sorte?

Als ich in diese Stadt kam, war ich in die Tollheit des Karnevals eingetaucht. Und nun war nichts mehr unmöglich.

An einer Straßenecke stritten sich Würfelspieler. Einer von ihnen drückte seinen Stapel *zecchini* an sich, während die anderen mürrisch versuchten, das Glück zu beschwören, indem sie ein letztes Mal ihr kümmerliches Vermögen einsetzten. Halb auf den Brückengeländern liegend, ärgerten Masken die

Passanten, indem sie ihnen gewagte Ausdrücke zuriefen. Gaukler versuchten fröhlich, mir mit ihren Späßen ein paar Münzen abzuluchsen. Ein Seiltänzer balancierte in seinem weißen Gewand über das Wasser. An einer anderen Straßenecke ließ eine Flötenmelodie mich aufhorchen, und ein hartnäckiger Pulcinella nahm mich an der Hand, um einen Reigen mit mir zu tanzen. Die Stadt war eine riesige Bühne, auf welcher der Traum mit dem Wahnsinn wetteiferte.

Bald brach die Nacht herein.

Die Kanäle verfinsterten sich und schluckten in ihrer schwarzen Tinte den Widerschein des Mondes. Die Gässchen leerten sich, und in den Palazzi gingen nach und nach die Lichter an.

Die Kälte wurde beißender. Es wurde Zeit, das Fest im Innern der Palazzi fortzusetzen.

Ein Harlekin erwartete mich vor dem Haus der Ferenzi.

»Es ist den Masken nicht erlaubt, ein Schwert zu tragen«, sagte er.

Ich sah überrascht an mir herunter. Dann verstand ich seinen Irrtum.

»Das ist kein Schwert«, antwortete ich und lachte, »das ist eine Geige!«

Und ich zeigte sie ihm.

»Sie haben sich verspätet. Die Musiker sind bereits da.«

Ich gab keine Antwort. Der Harlekin trat zur Seite, und ich konnte eintreten.

Das Fest fand in den Salons statt. Die Tische waren in drei Zimmern in langen Reihen vor großen Marmorkaminen aufgestellt worden. Ganz hinten spielte ein Orchester auf einem Podium einen Walzer.

Es war eine unglaubliche Zurschaustellung von Luxus: Auf den Tischen war zwischen den Gedecken aus vergoldetem Silber auf goldenem Tafelgeschirr eine verschwenderische Fülle von Petits Fours, Kanapees, Lebensmitteln aller Art angerichtet worden, ganz zu schweigen von einer beeindruckenden Menge von Karaffen, gefüllt mit Weiß- und Rotweinen. Am meisten aber beeindruckten mich die Toiletten der Frauen. Ihre Kostüme rivalisierten hinsichtlich Farben und Originalität.

Ich fühlte mich ein wenig verloren, doch plötzlich erkannte ich den Diener, den ich am Vormittag gesehen hatte. Ich fragte ihn:

»Wo kann ich die Tochter des Grafen finden, Carla Ferenzi?«

Er hob die Arme zum Himmel.

»Wie soll ich das wissen? Alle sind doch verkleidet!«

Und er verschwand in Richtung Küche.

Ich blickte mich um. Da waren mehr als zweihundert Personen, und alle waren unkenntlich. Wie sollte ich Carla finden?

Entmutigt wollte ich schon gehen und die Geige in den Händen eines Domestiken zurücklassen, als mir eine Idee kam. Ich legte das Instrument an meine Wange und begann eine schmachtende und traurige Melodie zu spielen.

Einige Leute drängten sich um mich. Gemurmel erhob sich. Wer verbarg sich hinter der Maske?

Als ich zu spielen aufhörte, fragte mich eine Frau, immer noch ganz verzaubert:

»Wer sind Sie? Eine so schöne Musik habe ich noch nie gehört.«

»Und Sie, Sie sind nicht zufällig Carla Ferenzi?«

Die junge Frau lachte.

»Wer weiß?«, sagte sie.

Und sie verschwand im Trubel des Festes.

»Sie suchen Carla?«, flüsterte eine Kreatur, halb Mensch, halb Vogel, die unser Gespräch mit angehört hatte.

»Ja. Ich muss ihr diese Geige im Auftrag ihres Vaters überreichen.«

»Sie finden sie in ihrem Zimmer«, sagte die Maske und deutete auf die monumentale Prachttreppe.

»Nimmt sie nicht am Fest teil?«

»Carla? Nein. Das würde ihre Stimme zu sehr anstrengen. Sie singt morgen im La Fenice.«

»Wollen Sie damit sagen, sie bleibt in ihrem Zimmer, während die Stadt sich amüsiert, nur um ihre Stimme zu schonen?«

Die Maske schien hinter ihrem Adlerschnabel über meine Ahnungslosigkeit zu lachen.

»Man merkt, dass Sie die *prima donna* niemals haben singen hören!«

34

Ich verließ die Salons und ging die Treppe hinauf.

Im ersten Stockwerk sah ich eine halb geöffnete Tür, durch deren Spalt man in ein schwach beleuchtetes Zimmer blicken konnte.

Carla saß vor sich hin dösend in einem großen Sessel. Sie hatte nichts mit den bizarren Masken gemein, denen ich ein paar Augenblicke zuvor begegnet war. Sie schlief nicht wirklich und bemerkte meine Gegenwart in der Sekunde, in der ich ins Zimmer trat. Als sie zu mir aufblickte, zog die Schönheit ihrer Augen mich sogleich in ihren Bann. Sie waren tiefschwarz, von unergründlicher Tiefe und vor allem äußerst lebhaft. Ihr Haar, das ebenfalls schwarz war, bildete einen starken Kontrast zu ihrer weißen Haut. Und sie trug ein schwarzes Samtkleid, das sich in Wellen bis auf den Boden schlängelte. Sie warf mir einen etwas kühlen Blick zu, als wollte sie mich nach dem Grund meiner Anwesenheit an diesem Ort fragen. Ich öffnete den Mund und hörte mich sagen:

»Mein Fräulein, hier habe ich die Geige, die Ihr Vater bei mir für Sie bestellt hat. Sie ist Ihr Geburtstagsgeschenk. Er hat Wert darauf gelegt, dass ich sie Ihnen persönlich überreiche.«

Sie schien sofort erleichtert.

»Eine Geige? Was für ein charmanter Einfall! Ich dachte schon, mein Vater hätte meinen Geburtstag vergessen.«

Genau in dem Augenblick, in dem ich den Klang ihrer Stimme hörte, begriff ich, dass ich die Frau vor mir hatte, die mich seit Jahren in meinen Träumen verfolgte, und ich wäre bereitwillig für sie gestorben.

Ich näherte mich Clara, nahm die Geige aus ihrem Kasten und reichte sie ihr.

Sie fügte hinzu:

»Wie nett von Ihnen, dass Sie sie mir bringen.«

Sie legte die Geige an ihre Wange und fragte:

»Kann ich sie sofort ausprobieren?«

»Bitte.«

Ich reichte ihr den Bogen, und sie begann zu spielen. Ihr Spiel war sehr hölzern, aber ihre Bewegungen waren nicht ohne Anmut.

»Dieses Instrument hat einen erstaunlichen Klang«, sagte sie und erstickte den Klang der Saiten. »Ich darf Sie zu Ihrer Arbeit beglückwünschen. Aber Sie finden bestimmt, dass ich schrecklich spiele?«

Das war gewiss die Wahrheit, aber für mich hatte es keine Bedeutung.

»Diese Geige ist wirklich wie für Sie geschaffen. Sie werden sich sehr schnell an sie gewöhnen, da bin ich ganz sicher.«

Sie spielte noch ein paar Augenblicke, dann legte sie Bogen und Instrument auf ein kleines Tischchen neben ein Schachspiel aus kunstvoll geschnitztem Holz.

»Eine wunderschöne Arbeit«, sagte ich, während ich die Figuren des Spiels betrachtete.

Sie lächelte.

»Spielen Sie Schach?«, fragte sie.

»Leider nicht.«

»Ich kann es Ihnen beibringen, wenn Sie es wünschen.«

»Wenn Sie wollen. Und ich werde Ihnen das Geigenspiel beibringen.«

Sie lachte leise und drehte den Kopf zu mir. Ihre schwarzen Augen, die mich durchdringend ansahen, bohrten sich tief in meine. Durch den Türspalt drangen die Geräusche des Festes herein.

»Stört dieser Lärm Sie nicht in Ihrer Ruhe?«

»Nein«, antwortete sie. »Ich liebe diese Musik, das Singen, das Lachen. Das macht mich glücklich.«

»Langweilen Sie sich nicht, so ganz allein hier, während das ganze Haus sich vergnügt?«

»Was wollen Sie, heute Abend muss ich mich

ausruhen. Und der Karneval fängt ja erst an. Ich werde schon auf meine Kosten kommen!«

»Schonen Sie auf diese Weise Ihre Stimme?«

»Hat mein Vater Ihnen gesagt, dass ich singe?«

»Ja. Und er hat mir vor allem verraten, dass Sie eine unvergessliche Stimme haben. Eine Stimme aus Gold.«

»Er übertreibt immer! Ich habe tatsächlich eine ganz hübsche Sopranstimme, und ich singe häufig für Freunde, bei ihnen zu Hause oder hier im Palazzo Ferenzi. Aber morgen Abend, an meinem Geburtstag, werde ich im La Fenice singen. Vater hat es für diesen Anlass gemietet. Würden Sie mir die Freude machen zu kommen, um mich singen zu hören?«

Ich stand lange da, ohne zu antworten, glücklich, sie ansehen zu können.

»Mein Fräulein, ich muss zugeben, dass ich neugierig bin und darauf brenne, Sie zu hören. Seien Sie versichert, dass ich morgen im La Fenice sein werde.«

»Dann also bis morgen Abend.«

»Bis morgen.«

Ich verabschiedete mich, verließ das Zimmer rückwärts und ging verwirrt die Treppe hinunter.

In den Salons war das Fest in vollem Gange. Aber mein Herz war woanders.

35

Ich konnte die ganze Nacht kein Auge zutun, so sehr beschäftigte mich die Erinnerung an diese Frau. Carla war so gegenwärtig in mir, so real, dass ich sie nicht einmal in einen Traum einschließen konnte.

Am Morgen begab ich mich zu ihr. In einer Gondel sitzend, die auf dem Wasser schaukelte, lauerte ich auf ein Lebenszeichen am Fenster im ersten Stock, wo die Läden noch geschlossen waren.

In der frühmorgendlichen Kühle schlafend, war der Canal Grande in leichten Nebel gehüllt. Gondolieri, die ihre Waren zu den Märkten transportierten, fuhren schweigend an mir vorbei, über das Wasser gleitend wie beunruhigende Schatten, und verschwanden schließlich im Labyrinth der Stadt.

Lange saß ich so da und starrte zu ihrem Fenster hinauf. Ich war verliebt, wie man es in diesem Alter ist, ohne auf die Zeit zu achten, die verstreicht.

Nie war ich so glücklich wie an diesem Morgen, als ich heimlich auf sie wartete, an diesen einen

Augenblick gekettet, in dem nur das geliebte Wesen zählt. Nie ist mein Leben intensiver gewesen als in diesen Sekunden. Ich war nicht mehr allein.

Als Carla endlich die Fensterläden ihres Zimmers öffnete, bemerkte sie mich. Sie schien überrascht, mich da vor sich zu sehen.

»Was machen Sie hier?«, rief sie.

Verlegen konnte ich nur lügen:

»Ich glaube, ich habe gestern Abend meinen Kasten vergessen.«

»Einen Kasten, sagen Sie? Was für einen Kasten?«

»Den der Geige, die ich Ihnen gebracht habe.«

»Ach ja. Ich weiß, wo er ist.«

Sie wollte zurückkehren, um ihn zu holen, aber ich hielt sie am Arm zurück.

»Lassen Sie«, sagte ich. »Sie werden eine bessere Verwendung für ihn haben als ich! Ich habe noch eine Menge anderer in Cremona.«

Sie lächelte.

»Da Sie sich so großzügig zeigen … Warten Sie, ich bin gleich zurück.«

Sie verschwand für ein paar Augenblicke, um in ihr Zimmer hinaufzugehen, und kam mit einem Schachspiel zurück.

»Dieses Schachspiel ist für Sie. Ich hatte das Gefühl, dass Sie die Figuren gestern Abend bewundert haben, und es ist nicht zu spät, das Schachspiel zu erlernen. Auf diese Weise sind wir quitt.«

Ich hätte ihr gern tausend Dinge gesagt. Aber ich konnte nur stammeln:

»Carla … ich wollte Ihnen sagen … Sie sind …«

Sie legte mir einen Finger auf den Mund.

»Bitte sagen Sie nichts. Nehmen Sie das und gehen Sie. Wir sehen uns heute Abend im Theater.«

Dann verschwand sie lachend. Und der Nebel legte sich wieder auf Venedig und seine Lagune.

36

Das Leben ist ein Theater, und es gibt nur eine einzige Aufführung.

An diesem Abend war die Stimme von Carla Ferenzi die reinste und göttlichste aller menschlichen Stimmen. Eine Stimme, die der meiner Träume glich.

Ganz Venedig war im La Fenice zusammengekommen, um diese Stimme hören zu dürfen. Der Eintritt war frei, vorausgesetzt, man war maskiert.

Überall, von den Rängen bis zum Parkett, drängten sich die Menschen, plauderten, sangen manchmal in einem heillosen Durcheinander. Man sprach von nichts anderem als von Carla.

»Es heißt, sie hat die schönste Stimme der Welt!«

Bald gingen die Lichter aus, und Stille trat ein. Das Orchester spielte die Ouvertüre, und die Oper begann.

Mehrere Sänger traten nacheinander auf, mit wechselndem Erfolg. Am Ende des ersten Aktes begann das Publikum zu rufen:

»Prima donna, prima donna!«

Man wartete auf Carla. Alle waren nur ihretwegen gekommen.

Ihre Rolle begann im zweiten Akt. Als sie die Bühne betrat, ging ein Murmeln durch den Saal.

»Da ist sie!«

»Das ist sie! Das ist Carla Ferenzi!«

Die Spannung und die Erregung waren auf dem Höhepunkt.

Carla, eine ätherische Erscheinung, kam im Schein des Lichts nach vorne, und langsam erhob sich ihr Gesang. Sofort waren alle davon ergriffen. Die Stimme der jungen Frau erfüllte den Saal.

Am Ende der Arie stieg sie so hoch hinauf, hielt den Ton so lange, dass mir das Blut in den Adern gefror.

Einen Augenblick lang hielt die Menge den Atem an. Es herrschte eine bedrückende Stille, als wären alle auf seltsame Weise erstarrt. Dann hörte man schüchtern geflüsterte Kommentare, denen bald ein allgemeines beifälliges Stimmengewirr folgte.

Schließlich kam es zu einer Explosion von Rufen und Hurras, und tosender Beifall erfüllte das Theater.

»Brava!«

»Evviva la prima donna!«

Carla sang noch einmal, ein einziges Mal. Und wieder waren alle verzaubert.

Am Schluss lief ich zu ihrer Garderobe.

Als sie mich sah, als sie spürte, dass ich sprechen wollte, ließ sie mich nicht zu Wort kommen:

»Bitte schweigen Sie. Sagen Sie nichts, niemals. Sprechen Sie niemals über meine Stimme.«

Wie alle anderen war ich von ihr fasziniert, und sie wusste es.

»Habe ich nicht meinen Einsatz verpasst? Hätte ich den Ton vielleicht ein paar Augenblicke länger halten sollen?«

»Es war perfekt! Und was für ein Triumph!«

»Wissen Sie, dass einer der Geiger des Orchesters Ihre Geige gespielt und sich ganz begeistert über die Qualität Ihrer Arbeit geäußert hat?«

Ich dankte ihr für das Kompliment, indem ich ein paar unhörbare Worte stammelte. Während sie sich frisierte, drehte sie sich zu mir um:

»Um diesen Erfolg zu feiern, gebe ich heute Abend einen kleinen Empfang. Wollen Sie nicht auch kommen?«

Ich wusste nicht, was ich antworten sollte.

»Seien Sie unbesorgt, nichts Feierliches. Ich lade nur ein paar Freunde ein, ohne große Umstände.«

»Ich wäre entzückt. Es ist meine letzte Nacht in Venedig, und nichts könnte mir mehr Vergnügen machen, als sie in Ihrer Gesellschaft zu verbringen.«

»Dann also abgemacht. Seien Sie um Mitternacht bei mir. Ich erwarte Sie.«

Sie lächelte und drehte den Kopf, um sich im Spiegel zu betrachten. Es klopfte an der Tür. Bald wurde die Garderobe gestürmt, und Carla verschwand in der Menge ihrer Bewunderer.

Ich zog mich inmitten der unerträglichsten Kakofonie zurück.

Als ich das Theater verließ, war ich hin- und hergerissen zwischen dem Glück, sie wiederzusehen, und der Trauer darüber, sie für immer verlassen zu müssen.

37

Als ich Schlag Mitternacht an ihre Tür klopfte, wusste ich, dass Carla mir niemals gehören würde, dass sie ein unerreichbarer Traum sein würde. Ich war nur ein einfacher Geigenbauer und sie die Tochter eines venezianischen Grafen. Ich war nur ein unbekannter Handwerker, der in der Abgeschiedenheit seiner Werkstatt arbeitete, während ihr ganz Venedig im La Fenice zujubelte. Warum zum Teufel musste ich ihr begegnen und mich in sie verlieben?

Der Domestik öffnete mir und erkannte mich.

»Das gnädige Fräulein erwartet Sie«, sagte er.

Ich trat ein, und während ich meinen Mantel ablegte, hörte ich Lachen, das aus dem Salon drang. Ich näherte mich auf leisen Sohlen.

Als ich sie sah, lag sie halb auf einem Sofa, ein Bein angewinkelt, das andere ausgestreckt auf einem Kissen, mit kerzengeradem Oberkörper, ihre eine Hand ruhte auf der Armlehne, während die andere sanft ihr leuchtendes Haar streichelte. Sechs betörte junge Leute standen um sie herum und tranken ihre

Worte wie Nektar. Bald wurde meine Anwesenheit bemerkt, und das Geplauder verstummte.

»Meine Herren, das ist Erasmus. Der Geigenbauer, von dem ich Ihnen erzählt habe«, sagte Carla.

»Zu Ihren Diensten, mein Fräulein.«

Sie machte uns miteinander bekannt, und ich spürte, dass alle diese venezianischen Edelleute sich nicht im Geringsten für einen einfachen Geigenbauer interessierten, mochte er auch der besten Schule Cremonas entstammen. Mir blieb kaum Zeit, sie zu begrüßen, denn schon ging einer von ihnen auf mich los:

»Carla behauptet, dass Sie trotz Ihrer Jugend einer der begabtesten Geigenbauer Ihrer Generation seien und dass die Geige, die Sie für sie gebaut haben, eine ausgezeichnete Arbeit sei. Haben Sie Ihre Kunst von dem großen Antonio Stradivari gelernt?«

»Nicht direkt von ihm, aber es stimmt, ich bin in seiner Werkstatt ausgebildet worden. Ich war Schüler seines Sohnes Francesco.«

»Dachte ich mirs doch«, sagte ein anderer. »Dieses Modell ähnelt einem von denen, die ich in Cremona gesehen habe. Sie verdanken also, nehme ich an, alles dem Talent Ihrer Vorgänger. Wahrscheinlich haben Sie sich damit begnügt, sie nachzuahmen.«

Ich wandte mich zu dem unverschämten Kerl und warf ihm einen verächtlichen Blick zu.

»Nehmen Sie zur Kenntnis, dass der Geigenbau andere Begabungen erfordert als die des Nachahmens. Jede Geige hat einen eigenen Klang, unverwechselbare Eigenschaften, die sie nur ihrem Erbauer verdankt. Und nehmen Sie auch zur Kenntnis, dass, auch wenn alle Geigen sich ähneln, jede doch einzigartig ist.«

»Na, na, meine Herren«, ging Carla dazwischen, sichtlich amüsiert von diesem gereizten Wortwechsel, »wann werden die Männer endlich aufhören, sich zu streiten und sich in ihrem Stolz gekränkt zu fühlen?«

Ein bedrückendes Schweigen trat ein.

»Carla«, sagte jemand, »wie wäre es, wenn Sie eine Arie singen würden?«

»Ja, singen Sie etwas.«

Sie ließ sich ein wenig bitten, doch angesichts unseres Drängens und überzeugt von der Notwendigkeit, die Atmosphäre etwas zu entspannen, gab sie schließlich nach.

»Aber nur ein kurzes Stückchen, denn ich fürchte, meine Stimme ist schon sehr erschöpft.«

Dann schloss sie die Augen, atmete tief ein, öffnete leicht die Lippen, und sogleich drang ein kostbarer Gesang aus ihrer Kehle.

Ihre Stimme! Der Klang ihrer Stimme! Ich war

wirklich verrückt nach dieser Stimme. Diese Musik berauschte mich, diese magische Stimme, die mir so viel Glück schenkte, erschütterte mich.

Nachdem der Gesang beendet war, versuchte jeder den anderen im Beifall zu überbieten.

»Also«, sagte der Unverschämte zu mir gewandt, »eines ist sicher: Das ist eine Stimme, der kein Instrument jemals gleichzukommen vermag.«

Verärgert erwiderte ich:

»Sie täuschen sich. Die Geige ist das Instrument, das der Stimme der Frau am nächsten kommt. Übrigens deckt sie ihr ganzes Register ab, vom Sopran bis zum tiefen Alt. Und es besteht auch eine verwirrende Analogie zwischen dem Körper einer Frau und dem einer Geige.«

»Wollen Sie damit sagen, dass Frau und Geige eins sind?«

»Da bin ich ganz sicher.«

»Das ist wahr«, räumte der junge Mann ein. »Man muss zugeben, dass es da erstaunliche Ähnlichkeiten gibt. Aber anzunehmen, dass es möglich wäre, eine Stimme – und was für eine Stimme! – in einem Stück Holz nachzubilden, das ist ein Schritt, den Sie nicht zu tun bereit sind.«

»Ich nehme nichts an«, erwiderte ich schroff, »ich behaupte.«

»Sie werden unverschämt, Herr Geigenbauer.«

Da Carla begriff, dass die Unterhaltung eine unerfreuliche Wendung zu nehmen drohte, beschloss sie einzugreifen. Mit einem tiefen Blick aus ihren großen Augen sagte sie:

»Wären Sie denn fähig, mein lieber Erasmus, den Beweis anzutreten für das, was Sie da behaupten, und den Klang meiner Stimme in einem Ihrer Instrumente nachzubilden?«

Der junge Mann, der begriff, dass Carla auf seiner Seite war, lachte mir ins Gesicht.

Während des langen und schrecklichen Schweigens, das folgte, spürte ich alle Blicke auf mir ruhen.

»Was ist, Erasmus, bitte antworten Sie«, ließ Carla nicht locker.

Ich war in meinem Stolz vielleicht zu weit gegangen, aber mir blieb keine andere Möglichkeit, dieser Frau meine Liebe zu erklären. Und so sagte ich, völlig verrückt:

»Carla, ich werde die schönste Geige der Welt bauen. Nur für Sie. Und sie wird Ihre Stimme besitzen.«

Ich wusste nicht, dass ich sie damit für immer verlieren würde, indem ich mich selbst verlor.

38

Ich kehrte nach Cremona zurück, wo ich mich sofort an die Arbeit machte.

Als einzige Erinnerung an Carla hatte ich den Klang ihrer Stimme und die zarte Linie ihrer Gestalt mitgenommen. Ausgehend von diesen Bildern, nahm ich mir vor, eine einzigartige Geige zu bauen.

Aus Tirol ließ ich das edelste Fichtenholz kommen, um daraus die Decke, den Stimmstock und den Bassbalken zu schneiden. Ich wählte das härteste Ahornholz aus Böhmen, um daraus den Boden, die Zargen, den Steg und den Hals zu schneiden. Das Griffbrett, der Saitenhalter und der Sattel wurden aus dem härtesten Ebenholz geformt. Nach Monaten mühevoller Arbeit wählte ich, nachdem es mir gelungen war, die Teile zusammenzufügen, einen Lack aus pflanzlichen Bestandteilen.

Ich wartete lange Wochen, bis ich wagte, diese Violine zu spielen. Eines Morgens entlockte ich ihr bang den ersten Ton. Er war eine Katastrophe.

Ich begriff sofort, dass ich mich geirrt hatte. Der

Klang der Geige glich nicht im Geringsten der Stimme Carlas.

Wütend schleuderte ich die Geige zu Boden, wo sie mit einem Geräusch reißender Saiten und zerbrechenden Holzes zerschellte.

Und dann ließ ich mich auf diese verrückte Wette ein, die ich noch heute bereue:

»Ich schwöre, dass ich wieder und wieder von vorn anfangen werde, bis ich ihre Stimme in einer Geige nachgebildet habe, die ebenso schwarz ist wie ihre Augen.«

Und in genau diesem Augenblick kam mir die Idee der schwarzen Geige.

39

Ich stand vor meiner Werkbank, als ich einen Gedankenblitz hatte.

Warum nicht eine Geige bauen, die mit Carla vollkommen identisch wäre? Wenn ich ihre Stimme nachbilden wollte, müsste ich mich dann nicht erst einmal von ihrem Körper inspirieren lassen? Ich musste, dessen war ich überzeugt, eine Geige bauen, die ebenso schwarz wie ihre Augen und ihr Haar wäre.

Ich erinnerte mich, dass ich in der Bibliothek der Werkstatt eine kleine Abhandlung besaß, die Antonio Stradivari geschrieben hatte und die den Bau einer Geige erwähnte, die zu einem großen Teil aus Ebenholz bestand. Ich fand sie wieder und entdeckte überglücklich, dass das Werk darüber hinaus ein Geheimrezept für die Herstellung eines schwarzen Lacks enthielt, eines Lacks, den ich bis dahin niemals benutzt hatte. Mit diesen wertvollen Informationen versehen, machte ich mich wieder an die Arbeit.

Die Fertigung des Instrumentenkörpers und vor allem des Resonanzbodens war keine leichte Sache.

Ebenholz ist ein unglaublich hartes Holz, das zugleich Kraft und absolute Präzision verlangt. Der Zusammenbau war ebenfalls nicht einfach, aber mit viel Geduld gelang es mir. Die Phase des Lackierens schließlich, für die ich viel Sorgfalt und Zeit aufwandte, nahm mehrere Wochen in Anspruch.

Zwei Monate später hielt ich zum ersten Mal in meinem Leben eine wunderschöne schwarze Geige in meinen Händen.

Ich beschloss, sie an einem Gewitterabend auszuprobieren.

Draußen erhellten die Blitze den Himmel, und der Wind blies in Böen. Die letzte Lackschicht war getrocknet, und es war Zeit, den Klang des Instruments zu erproben.

Ich nahm die Geige in meine Hände und strich sanft über den Lack. Das Holz begann unter meiner Hand zu singen. Ich begriff, dass ich da ein außergewöhnliches Instrument besaß.

Und dann nahm ich einen Bogen und begann zu spielen.

Wie eine Feder, die sich auf den schillernden Glanz des Wassers setzt, glitt der Bogen über die Saiten. Der erste Ton erklang: Es war die Stimme einer Frau. Eines Soprans.

Vor Glück zitternd, hielt ich ein paar Augenblicke

inne und begriff, dass ich meinen teuersten Traum hatte Wirklichkeit werden lassen.

In dieser Nacht spielte ich die schwarze Geige, wie ich nie zuvor ein Instrument gespielt hatte. Ich hatte das Gefühl, Carlas Körper in meinen Armen zu halten.

40

Ein paar Tage später kehrte ich ein letztes Mal nach Venedig zurück. Es war Winter. Das *acqua alta* hatte die Stadt überschwemmt, und an manchen Stellen stand das Wasser mehr als einen Meter hoch in den Gässchen der Serenissima. Aber ich hatte keine Augen für dieses Schauspiel. Ich hatte nur einen Wunsch: Carla sollte so schnell wie möglich die schwarze Geige hören.

Der Palazzo Ferenzi schien langsam im Wasser der Lagune zu versinken. Ich musste meine Gondel an den Gitterstäben eines Fensters festmachen, denn die Anlegestelle war überschwemmt. Die Wellen schwemmten grüne Algen bis auf die Stufen der Eingangstreppe.

Diesmal öffnete mir nicht der Domestik, sondern Conte Ferenzi persönlich die Tür. Zu meiner großen Überraschung war sein Gesicht eingefallen, seine Augen waren glasig geworden, und seine Haut hatte eine wächserne Farbe angenommen. Er wirkte schrecklich niedergeschlagen, ein unendlicher Kummer schien auf ihm zu lasten.

»Ach, Herr Erasmus«, sagte er, als er mich sah, »Sie schickt der Himmel. Sie können uns vielleicht helfen.«

»Was ist denn los? Sind sie krank?«

Er holte ein Taschentuch aus seiner Tasche und tupfte sich die Stirn ab. »Es handelt sich nicht um mich. Mir geht es einigermaßen gut.« Mit halb geschlossenem Mund flüsterte er mir zu: »Es geht um Carla.«

»Carla? Was ist mit ihr los?«

»Ach, wenn ich das nur wüsste. Sie ist ganz plötzlich krank geworden. Seit zehn Tagen liegt sie im Bett.«

»Kann ich sie sehen?«

Ohne auf seine Antwort zu warten, trat ich in die Vorhalle, stürzte zur Treppe und lief hinauf, immer vier Stufen auf einmal nehmend. Ich stieß die Tür des Zimmers auf und sah die junge Frau auf dem Bett liegen, blass und leidend. Es schien ihr sehr schlecht zu gehen. Auf Zehenspitzen ging ich zu ihr.

»Carla«, sagte ich mit angehaltenem Atem, »was ist mit Ihnen los?«

Sie wandte mir langsam den Kopf zu, und am Ausdruck ihrer Augen begriff ich, wie sehr sie litt.

»Sehen Sie, ich habe Ihnen die Geige mitgebracht, die ich Ihnen versprochen hatte. Hören Sie diesen Klang! Hören Sie diese Musik!«

Ich ließ den Bogen einfach über eine Saite gleiten, und Carla schien sofort von Entsetzen gepackt. Mit einer Handbewegung hielt sie meinen Arm fest und schien mich flehend anzublicken.

»Es ist wirklich ein großes Unglück«, sagte der Graf zu mir, der endlich zu uns gekommen war. »Meine Tochter ist seit ihrem Unwohlsein von einem hartnäckigen Fieber befallen, und die Ärzte sind nicht in der Lage, die Ursache der Krankheit zu finden. Seit einer Woche liegt das unglückliche Kind so da, zwischen Leben und Tod.«

Ich betrachtete Carla, wie sie mit traurigem Gesichtsausdruck auf dem Bett lag.

»Und vor allem«, fügte Ferenzi hinzu, »das Schrecklichste ist, dass sie seit dem bewussten Abend, an dem sie krank geworden ist, ihre Stimme verloren hat!«

Von Schwindel erfasst, spürte ich, wie der Boden unter meinen Füßen schwankte, und ich musste mich an der Tür festhalten, um nicht ohnmächtig zu werden.

»Was haben Sie?«, fragte mich Ferenzi.

»Nichts, nichts. Ein leichter Schwächeanfall.«

Ich betrachtete ein letztes Mal Carlas Gesicht und sah, dass sie weinte. Ich taumelte aus dem Zimmer und verließ den Palast.

Dritter Teil

41

Johannes saß lange da, ohne ein Wort zu sagen.

Er trank ein Glas Schnaps und blickte Erasmus tief in die Augen, und dann nahmen sie ihre Schachpartie wieder auf.

»Hast du sie seither wiedergesehen?«

»Nein, nie.«

»Dabei hast du dich doch wegen Carla Ferenzi in Venedig niedergelassen?«

»Ja. Wegen ihr. Aber ich bin nicht sofort nach Venedig gekommen. Ich sagte dir ja, ich bin gereist. Von Cremona bin ich nach Paris gegangen, um dort meine Kunst auszuüben, vor allem aber, um diese Geschichte zu vergessen. Als ich begriffen habe, dass ich sie niemals vergessen könnte, bin ich nach Venedig zurückgekommen. Aber es war zu spät. Zu spät für alles. Carla war tot.«

Erasmus schwieg, und Johannes begriff, dass der alte Mann nicht mehr sprechen würde.

An diesem Abend verlor Erasmus im Schach. Es war das erste Mal.

Es war auch das erste Mal, dass er über sich sprach. Das erste Mal, dass er wirklich sprach.

Im ersten Licht der Morgendämmerung, als die Partie beendet war, sagte Erasmus zu Johannes:

»Weißt du, was ein magisches Schachbrett ist?«

»Nein.«

»Das ist ein Schachbrett, das dich niemals verlieren lässt. Bis du es verrätst. Nimm, es gehört jetzt dir.«

42

Die Tage vergingen in der Langsamkeit des Winters. Von Carla war zwischen den beiden Männern nie mehr die Rede.

Eines Abends im Dezember legte sich Erasmus zu Bett, weil er sich merkwürdig unwohl fühlte. Er bekam Fieber.

In seinem Fieberwahn flüsterte er einen Namen: »Carla … Carla … Carla …«

Drei Mal.

Johannes saß stumm an seinem Bett, mit bedrücktem Herzen.

Am nächsten Morgen hatte der alte Mann die Herrschaft über die Sprache verloren.

43

Erasmus starb im Schlaf am Morgen des 1. Januar 1798.

Für seine Beerdigung hatte man einen Kinderchor verpflichtet. Eines der Kinder hatte ein ganz besonderes Timbre, voller Trauer, mit schmerzlichen Untertönen, zu denen nur die schönsten Geigen des Meisters fähig gewesen waren. Mit Erasmus, würdiger Schüler von Antonio Stradivari, verschwand das Geheimnis der großen Geigen aus der Welt.

Nach der Zeremonie in San Zaccaria setzte man den Sarg in ein schwarzes Boot, und die Trauergondel verließ das Stadtzentrum in Richtung San Michele. Johannes, der im Trauerzug war, hatte das Gefühl, auf seiner eigenen Beerdigung zu sein.

Es regnete über Venedig, ein feiner, dichter Regen. Nur die Tropfen auf dem Canal Grande, das Plätschern des Wassers, das gegen die Seitenwände der Gondel schlug, und der Wind, der manchmal zwischen den Steinen weinte, waren zu hören.

Der Trauerzug legte am Landungssteg des Gräbergartens an, in dem der Sarg in die Erde gesenkt wurde. Der Geiger warf etwas schwarze Erde in das Grab des Geigenbauers. Er bekreuzigte sich. Dann verließ er eilig die Insel und kehrte nach Venedig zurück, ohne sich umzudrehen.

44

Als er in Erasmus' Werkstatt war, begann Johannes hin und her zu laufen und jeden Gegenstand im Allerheiligsten des Meisters zu betrachten. Dann setzte er sich betrübt vor das Schachbrett und verstreute mit einer Bewegung, erfüllt von Bitterkeit, die Figuren über den Boden.

Da hörte er einen merkwürdigen Klang. Eine Musik, von der er nicht wusste, wo sie herkam.

Johannes näherte sich langsam der schattigen Ecke, aus der diese Musik zu dringen schien. Er zündete eine Kerze an und ging langsam auf dieses Mysterium zu. Der Klang kam von der schwarzen Geige.

Unter tausend Vorsichtsmaßnahmen ergriff Johannes das Instrument, betrachtete es, nahm einen Bogen und begann mit geschlossenen Augen zu spielen. Der erste Ton ließ ihn zusammenzucken. So merkwürdig es scheinen mag, diese Geige, dessen war er jetzt sicher, hatte die Macht, denjenigen, der sie spielte, verrückt zu machen.

Dennoch spielte er ein weiteres Mal, trotzig, dann

trat er einen Schritt zurück und schleuderte die Geige wütend zu Boden.

Als es den Boden berührte, zerbrach das Instrument und gab einen seltsamen Laut von sich, wie der Schrei einer Frau.

Von Schwindel erfasst, trat Johannes auf das Gässchen hinaus und rannte wie ein Wahnsinniger.

45

Ein paar Tage später verließ Johannes Venedig mit der französischen Armee und kehrte nach Paris zurück.

Er sollte Italien niemals wiedersehen.

Johannes Karelsky brauchte einunddreißig Jahre, um seine einzige Oper zu komponieren. Einunddreißig Jahre, um sich von einer Stimme, von einem Traum zu befreien und um zu versuchen, Erasmus und die schwarze Geige zu vergessen.

Und in all diesen Jahren spielte er niemals mehr Geige.

An dem Tag, an dem er die letzte Note des letzten Takts seiner Oper schrieb, begriff er, dass seine Arbeit vergeblich gewesen war. Keiner würde sie je so singen können wie Carla Ferenzi.

Und da nahm er, durch eine sonderbare Neigung seines Geistes, die wirklich an Wahnsinn grenzte, das Heft, in das er über eine so lange Zeit hinweg seine Noten geschrieben hatte, und warf es in den Kamin.

Innerhalb weniger Sekunden sah er sein Lebenswerk in den Flammen verschwinden.

»So«, sagte er sich, »jetzt bin ich mit dieser Geschichte fertig.«

Dann legte er sich auf sein Bett, ermattet, aber heiter, und zum ersten Mal in seinem Leben wusste er, dass er glücklich war.

Er hatte seine imaginäre Oper geschrieben.

Noch in derselben Nacht starb er, ohne es zu merken, im tiefen Schlaf, in die Wärme seines Traums gehüllt.

Und niemand erfuhr je, dass er Genie besessen hatte.